DONDE EL CORAZÓN
TE LLEVE

SUSANNA TAMARO

DONDE EL CORAZÓN TE LLEVE

Traducción del italiano por
ATILIO PENTIMALLI MELACRINO

Seix Barral ✕ Biblioteca Breve

Cubierta: «Madame Monet en un jardín»,
óleo de Claude Monet (fragmento)

Título original:
Va' dove ti porta il cuore

Primera edición: octubre 1994
Vigesimoprimera edición: julio 1996

© 1994 Baldini & Castoldi
© 1995 Baldini & Castoldi International

Derechos exclusivos de edición en castellano
reservados para España
y propiedad de la traducción:
© 1994 y 1996: Editorial Seix Barral, S. A.
Córcega, 270 - 08008 Barcelona

ISBN: 84-322-0708-X

Depósito legal: B. 29.542 - 1996

Impreso en España

A Pietro

Oh, Shiva, ¿qué es tu realidad?
¿Qué es este universo lleno de estupor?
¿Qué forma la simiente?
¿Quién es el cubo de la rueda del universo?
¿Qué es esta vida más allá de la forma
que impregna las formas?
¿Cómo podemos entrar en ella plenamente,
por encima del espacio y del tiempo,
de los nombres y de las connotaciones?
¡Aclara mis dudas!

De un texto sagrado
del shivaísmo cachemir

Opicina, 16 de noviembre de 1992

Hace dos meses que te fuiste y desde hace dos meses, salvo una postal en la que me comunicabas que todavía estabas viva, no he tenido noticias tuyas. Esta mañana, en el jardín me detuve largo rato ante tu rosa. Aunque estamos en pleno otoño, resalta con su color púrpura, solitaria y arrogante, sobre el resto de la vegetación, ya apagada. ¿Te acuerdas de cuando la plantamos? Tenías diez años y hacía poco que habías leído *El Principito*. Te lo había regalado yo como premio por tus notas. Esa historia te había encantado. Entre todos los personajes, tus predilectos eran la rosa y el zorro; en cambio, no te gustaban el baobab, la serpiente, el aviador, ni todos esos hombres vacíos y presumidos que viajaban sentados en sus minúsculos planetas. Así que, una mañana, mientras desayunábamos, dijiste: «Quiero una rosa.» Ante mi objeción de que ya teníamos muchas, contestaste: «Quiero una que sea solamente mía, quiero cuidarla, hacer que se vuelva grande.» Naturalmente, además de la rosa también querías un zorro. Con la astucia de los niños, habías presentado primero el deseo accesible y después el casi imposible. ¿Cómo podía negarte el zorro después de haberte concedido la rosa? Sobre este extremo discutimos largamente y por último nos pusimos de acuerdo sobre un perro.

La noche antes de ir a buscarlo no pegaste ojo. Cada media hora llamabas a mi puerta y decías: «No puedo dormir.» Por la mañana, al dar las siete ya habías desayunado y te habías lavado y vestido; con el abrigo ya puesto, me esperabas sentada en el sillón. A las ocho y media estábamos ante la entrada de la perrera. Todavía estaba cerrada. Tú, mirando por entre las rejas, decías: «¿Cómo sabré cuál es precisamente el mío?» En tu voz había una gran ansiedad. Yo te tranquilizaba, decía: «No te preocupes, acuérdate de cómo el Principito domesticó al zorro.»

Volvimos a la perrera tres días seguidos. Allí dentro había más de doscientos perros y tú querías verlos a todos. Te detenías delante de cada jaula y allí te quedabas, inmóvil y absorta en una aparente indiferencia. Entretanto, todos los perros se abalanzaban contra la red metálica, ladraban, saltaban, trataban de arrancar el enrejado con las garras. Estaba con nosotras la encargada de la perrera. Creyendo que eras una chiquilla como las demás, para que te animaras te mostraba los ejemplares más hermosos: «Mira aquel cocker», te decía. O también: «¿Qué te parece aquel lassie?» Por toda respuesta emitías una especie de gruñido y proseguías tu marcha sin hacerle caso.

A *Buck* lo encontramos el tercer día de ese vía crucis. Estaba en una de las jaulas traseras, esas donde alojan a los perros convalecientes. Cuando llegamos ante el enrejado, en vez de acudir a nuestro encuentro como todos los demás, se quedó sentado en su sitio sin levantar siquiera la cabeza. «Ése —exclamaste señalándolo con el dedo—. Quiero ese perro.» ¿Te acuerdas de la cara estupefacta de aquella mujer? No lograba entender que quisieras entrar en posesión de aquel horrendo gozquillo. Sí, porque *Buck* era pequeño de talla pero encerraba en su pequeñez casi todas las razas del mundo. Cabeza de lobo, orejas blandas y colgantes de perro de caza, patas tan airosas como las de un basset, la cola espumosa de un perro de aguas y el pelo negro y tostado rojizo de un dobermann. Cuando nos dirigimos a las oficinas para firmar los papeles, la empleada nos contó su historia. Lo habían arrojado de un coche en marcha a principios del verano. En ese vuelo se había herido gravemente y por eso una de las patas traseras le colgaba como muerta.

Ahora *Buck* está aquí, a mi lado. Mientras escribo, de vez en cuando suspira y acerca su hocico a mi pierna. El morro y las orejas se han vuelto casi blancos a estas alturas y, desde hace algún tiempo, sobre los ojos le ha caído ese velo que siempre nubla los ojos de los perros viejos. Al mirarlo me conmuevo. Es como si aquí a mi lado hubiera una parte de ti, la parte que más quiero, esa que, hace años, entre los doscientos huéspedes de aquel refugio supo escoger el más infeliz y feo.

Durante estos meses, vagabundeando en la soledad de la casa, los años de incomprensiones y malhumores de nuestra convivencia han desaparecido. Los recuerdos que me rodean son los recuerdos de cuando eras niña, una cachorrita vulnerable y extraviada. A ella es a quien le escribo, no a la persona bien defendida y arrogante de los últimos tiempos. Me lo ha sugerido la rosa. Esta mañana, cuando pasé a su lado, me dijo: «Coge un papel y escríbele una carta.» Ya sé que entre nuestros pactos, en el momento de tu partida, estaba el de no escribirnos, y con pesadumbre lo respeto. Estas líneas jamás levantarán el vuelo para llegar a tus manos en América. Si yo no estoy cuando regreses, ellas estarán aquí esperándote. ¿Qué por qué hablo así? Porque hace menos de un mes, por primera vez en mi existencia, estuve gravemente enferma. Así que ahora sé que entre todas las cosas posibles, también se cuenta ésta: dentro de seis o siete meses podría ocurrir que yo no estuviese aquí para abrir la puerta y abrazarte. Hace mucho tiempo, una amiga me comentaba que en las personas que nunca han padecido nada, la enfermedad, cuando viene, se manifiesta de una manera inmediata y violenta. A mí me ha ocurrido precisamente eso: una mañana, mientras estaba regando la rosa, de golpe alguien apagó la luz. Si la esposa del señor Razman no me hubiese visto a través del seto que separa nuestros jardines, con toda seguridad a estas horas serías huérfana. ¿Huérfana? ¿Se dice así cuando muere una abuela? No estoy del todo segura. Tal vez los abuelos están considerados como algo tan accesorio que no se requiere un término que especifique su pérdida. De los abuelos no se es ni huérfano ni viudo. Por un movimiento natural se les deja a lo largo del camino, de la misma manera que, por distracción, a lo largo del camino se abandonan los paraguas.

Cuando desperté en el hospital no me acordaba absolutamente de nada. Con los ojos todavía cerrados, tenía la sensación de que me habían crecido dos bigotes largos y delgados, bigotes de gato. Apenas los abrí, me di cuenta de que se trataba de dos tubitos de plástico: salían de mis narices y corrían a lo largo de los labios. A mi alrededor sólo había unos extraños aparatos. Después de unos días me trasladaron a una habitación normal, en la que había otras dos personas más. Mientras estaba allí, una tarde vinieron a visitarme el señor Razman y su esposa. «Usted todavía vive —me dijo—, gracias a su perro, que ladraba como enloquecido.»

Cuando ya podía levantarme, un día entró en la habitación un joven médico al que ya había visto otras veces, durante las revisiones. Cogió una silla y se sentó junto a mi cama. «Puesto que no tiene usted parientes que puedan hacerse cargo y decidir por usted —me dijo—, tendré que hablarle sin intermediarios y con sinceridad.» Hablaba, y mientras hablaba, yo, más que escucharlo, lo miraba. Tenía labios finos y, como sabes, a mí nunca me han gustado las personas de labios finos. Según él, mi estado de salud era tan grave que no podía regresar a casa. Mencionó dos o tres residencias con asistencia de enfermería en las que podría vivir. Por la expresión de mi cara debió de captar algo, porque en seguida añadió: «No se imagine algo como los viejos asilos. Ahora todo es diferente, hay habitaciones luminosas y alrededor grandes jardines donde poder pasear.» «Doctor —le dije yo entonces—, conoce a los esquimales?» «Claro que los conozco», contestó al tiempo que se ponía de pie. «Pues mire, ¿ve usted?, yo quiero morir como ellos —y, en vista de que parecía no entender, agregué—: prefiero caerme de bruces entre los calabacines de mi huerto, antes que vivir un año más clavada en una cama, en una habitación de paredes blancas.» Él estaba ya ante la puerta. Sonreía de una manera malvada. «Muchos dicen eso —comentó antes de desaparecer—, pero en el último momento vienen corriendo a que los curemos y tiemblan como hojas.»

Tres días después firmé una ridícula hoja de papel en la que declaraba que, en caso de que muriese, la responsabilidad sería mía y solamente mía. Se la entregué a una joven enfermera de cabeza pequeña y que llevaba dos enormes pendientes de oro, y luego, con mis pocas cosas metidas en una bolsita de plástico, me encaminé hacia la parada de taxis.

Apenas me vio aparecer ante la cancela, *Buck* empezó a correr en círculo como un loco; después, para reiterar su felicidad, ladrando devastó dos o tres bancales. Por una vez no me sentí con ánimos para regañarlo. Cuando se me acercó con el hocico todo sucio de tierra, le dije: «¿Lo ves, viejo mío? Otra vez estamos juntos», y le rasqué detrás de las orejas.

Durante los días siguientes no hice nada o casi nada. Después de aquel percance, la parte izquierda de mi cuerpo ya no responde a mis órdenes como antes. La mano, sobre todo, se ha vuelto lentísima. Como me da rabia que gane ella, hago todo lo posible por utilizarla más que la otra. Me he atado un pequeño fleco rosado sobre la muñeca, y así, cada vez que tengo que coger algo, me acuerdo de usar la izquierda en vez de la derecha. Mientras el cuerpo funciona no nos damos cuenta de qué gran enemigo puede llegar a ser; si cedemos en la voluntad de hacerle frente, aunque sea sólo un instante, ya estamos perdidos.

Comoquiera que fuere, dada mi reducida autonomía, he dado a la esposa de Walter una copia de mis llaves. Ella pasa a verme todos los días y me trae todo lo que necesito.

Dando vueltas entre la casa y el jardín tu recuerdo se ha vuelto insistente, una verdadera obsesión. Muchas veces me acerqué al teléfono y levanté el auricular con la intención de enviarte un telegrama. Pero todas las veces, apenas la centralita me contestaba, decidía no hacerlo. Por la noche, sentada en el sillón —ante mí el vacío y alrededor el silencio— me preguntaba qué podía ser mejor. Mejor para ti, naturalmente, no para mí. Para mí sería seguramente más hermoso irme teniéndote a mi lado. Estoy segura de que si te hubiera dado la noticia de mi enfermedad, habrías interrumpido tu estadía en América para acudir aquí a toda prisa. ¿Y después? Después, tal vez yo hubiera vivido otros tres o cuatro años, acaso en una silla de ruedas, acaso alelada; y tú, por obligación, te habrías encargado de cuidarme. Lo habrías hecho con entrega, pero, con el tiempo, esa entrega se habría convertido en rabia y odio. Odio, porque pasarían los años y tú habrías desperdiciado tu juventud; porque mi amor, con el efecto de un bumerang, habría encerrado tu vida en un callejón sin salida. Esto decía en mi interior la voz que no quería telefonearte. Si decidía que ella tenía razón, en seguida aparecía en mi mente la voz contraria. ¿Qué te ocurriría —me preguntaba— si en el momento de abrir la puerta, en vez de encontrarnos a mí y a *Buck* festivos encontrases la casa vacía, deshabitada desde tiempo atrás? ¿Existe algo más terrible que un retorno que no logra llevarse a cabo? Si hubieras recibido allá un telegrama con la noticia de mi desaparición, ¿no habrías pensado, acaso, en una especie de traición? ¿En un gesto de despecho? Como en los últimos meses habías sido muy desgarbada conmigo, pues yo te castigaba marchándome sin previo aviso. Eso no habría sido un bumerang, sino una vorágine: creo que es casi imposible sobrevivir a algo semejante. Aquello que tenías que decir a la persona amada queda para siempre dentro de ti; esa persona está allá, bajo tierra, y ya no puedes volver a mirarla a los ojos, abrazarla, decirle aquello que todavía no le habías dicho.

Transcurrían los días y yo no tomaba ninguna decisión. Después, esta mañana, la sugerencia de la rosa. «Escríbele una carta, un pequeño diario de tus jornadas que le siga haciendo compañía.» Y aquí estoy, por lo tanto, en la cocina, con una vieja libreta tuya delante, mordisqueando la pluma como un chiquillo en dificultades con los deberes. ¿Un testamento? No precisamente: más bien algo que te acompañe a lo largo de los años, algo que podrás leer cada vez que sientas la necesidad de tenerme a tu lado. No temas, no quiero pontificar ni entristecerte, tan sólo charlar un poco con esa intimidad que antaño nos unía y que hemos perdido durante los últimos años. Por haber vivido tanto tiempo y haber dejado a mi espalda tantas personas, a estas alturas sé que los muertos pesan, no tanto por la ausencia, como por todo aquello que entre ellos y nosotros no ha sido dicho.

Mira, yo me encontré haciendo contigo el papel de madre ya entrada en años, a la edad en que habitualmente se es abuela. Eso tuvo sus ventajas. Ventajas para ti, porque una abuela madre es siempre más atenta y más bondadosa que una madre madre; y ventajas para mí, porque, en vez de atontarme, como las mujeres de mi edad, entre partidas de naipes y sesiones vespertinas en el teatro municipal, me vi nuevamente arrastrada, con ímpetu, a la corriente de la vida. Pero en algún momento, sin embargo, algo se rompió. La culpa no fue ni mía ni tuya, sino solamente de las leyes de la naturaleza.

La infancia y la vejez se parecen. En ambos casos, por motivos diferentes, somos más bien inermes, todavía no participamos —o ya no participamos— en la vida activa y eso nos permite vivir con una sensibilidad sin esquemas, abierta. Es durante la adolescencia cuando empieza a formarse alrededor de nuestro cuerpo una coraza invisible. Se forma durante la adolescencia y sigue aumentando a lo largo de toda la edad adulta. El proceso de su crecimiento se parece un poco al de las perlas: cuanto más grande y profunda es la herida, más fuerte es la coraza que se le desarrolla alrededor. Pero después, con el paso del tiempo, como un vestido que se ha llevado demasiado, en los sitios de mayor roce empieza a desgastarse, deja ver la trama, repentinamente por un movimiento brusco se desgarra. Al principio no te das cuenta de nada, estás convencida de que la coraza todavía te envuelve por completo, hasta que un día, de pronto, ante una cuestión estúpida y sin saber por qué vuelves a encontrarte llorando como un niño.

De la misma manera, cuando te digo que entre tú y yo ha brotado una divergencia natural, quiero decir precisamente eso. En la época en que tu coraza se empezó a formar, la mía ya estaba hecha jirones. Tú no soportabas mis lágrimas y yo no soportaba tu repentina dureza. Aunque estaba preparada para el hecho de que cambiases de carácter durante la adolescencia, una vez que el cambio se hubo producido me resultó muy difícil soportarlo. Repentinamente había ante mí una persona nueva y yo no sabía ya cómo hacer frente a esa persona. De noche, en la cama, en el momento de recapacitar ordenando mis pensamientos, me sentía feliz por todo lo que te estaba ocurriendo. Para mis adentros me decía que quien pasa indemne la adolescencia nunca se convertirá de verdad en una persona mayor. Pero, por la mañana, cuando me dabas el primer portazo en plena cara, ¡qué depresión, qué ganas de llorar! No conseguía encontrar en ningún lado la energía necesaria para mantenerte a raya. Si alguna vez llegas a los ochenta años, comprenderás que a esta edad nos sentimos como hojas a finales de septiembre. La luz del día dura menos y el árbol, poco a poco, empieza a acaparar para sí las sustancias nutritivas. Nitrógeno, clorofila y proteínas son reabsorbidas por el tronco y con ellos se van también el verdor y la elasticidad. Estamos todavía suspendidos en lo alto, pero sabemos que es cuestión de poco tiempo. Una tras otra van cayendo las hojas vecinas: las ves caer y vives en el terror de que se levante viento. Para mí el viento eras tú, la vitalidad pendenciera de tu adolescencia. ¿Nunca te diste cuenta, tesoro? Hemos vivido sobre el mismo árbol, pero en estaciones diferentes...

Evoco el día de tu partida, lo nerviosas que estábamos, ¿eh? Tú no querías que te acompañase al aeropuerto, y cada vez que te recordaba que cogieses algo me contestabas: «Me voy a América, no al desierto.» Desde el umbral, cuando te grité con mi voz odiosamente estridente: «¡Cuídate mucho!», sin siquiera volver la cara me contestaste diciendo: «Cuida tú a *Buck* y a la rosa.»

En aquel momento, ¿sabes?, me quedé algo decepcionada por esa despedida tuya. Como buena vieja sentimental que soy, esperaba algo diferente y más trivial, como un beso o una frase cariñosa. Solamente cuando se hizo de noche, al no lograr conciliar el sueño, dando vueltas en bata por la casa vacía, me di cuenta de que cuidar a *Buck* y a la rosa quería decir ocuparme de esa parte de ti que seguía viviendo a mi lado, la parte feliz de ti. Y también me di cuenta de que en la sequedad de aquella frase no había insensibilidad, sino la extrema tensión de una persona a punto de llorar. Es la coraza de la que antes te hablaba. Tú la tienes todavía tan apretada que casi no te deja respirar. ¿Recuerdas lo que te decía en los últimos tiempos? Las lágrimas que no brotan se depositan sobre el corazón, con el tiempo lo cubren de costras y lo paralizan como la cal que se deposita y paraliza los engranajes de la lavadora.

Ya lo sé, mis ejemplos sacados del universo de la cocina te harán soltar bufidos en vez de hacerte reír. Resígnate: cada cual obtiene su inspiración del mundo que mejor conoce.

Ahora tengo que dejarte. *Buck* suspira y me mira con ojos implorantes. También en él se manifiesta la regularidad de la naturaleza. En todas las estaciones conoce la hora de su comida con la precisión de un reloj suizo.

18 de noviembre

Anoche cayó un fuerte aguacero. Era tan violento que varias veces me desperté por el ruido que hacía al golpear los postigos. Esta mañana, cuando abrí los ojos convencida de que todavía haría mal tiempo, estuve remoloneando entre las mantas durante largo rato. ¡Cómo cambian las cosas con los años! A tu edad yo era una especie de lirón, si nadie me molestaba podía dormir incluso hasta la hora de la comida. Ahora, en cambio, siempre estoy despierta antes del amanecer. Así las jornadas se vuelven larguísimas, interminables. Hay cierta crueldad en todo esto, ¿no crees? Las horas de la mañana son las más terribles, no hay nada que te ayude a distraerte: estás allí y sabes que tus pensamientos sólo pueden dirigirse hacia atrás. Los pensamientos de un viejo no tienen futuro, por lo general son tristes, y si no tristes, melancólicos. A menudo me he preguntado sobre esta rareza de la naturaleza. Hace unos días vi en la televisión un documental que me hizo reflexionar. Hablaba de los sueños de los animales. En la jerarquía zoológica, de los pájaros hacia arriba, todos los animales sueñan mucho. Sueñan los gorriones y las palomas, las ardillas y los conejos, los perros y las vacas echadas sobre el prado. Sueñan, pero no todos de la misma manera. Los animales que, por naturaleza, son sobre todo presas, tienen sueños breves: más que sueños propiamente dichos son apariciones. Los depredadores, en cambio, tienen sueños largos y complicados. «Para los animales —decía el locutor—, la actividad onírica es una manera de organizar las estrategias de supervivencia: el que caza ha de elaborar constantemente formas nuevas para conseguir alimento; el que es cazado —habitualmente encuentra el alimento ante sí en forma de hierba— sólo tiene que pensar en la manera más veloz de darse a la fuga.» En otras palabras, al dormir, el antílope ve ante sí la sabana abierta; el león, en cambio, en una constante y variada repetición de escenas, ve todas las cosas que tendrá que hacer a fin de lograr comerse al antílope. Así es como ha de ser, dije para mis adentros: de jóvenes somos carnívoros y en la vejez herbívoros. Porque cuando somos viejos, además de dormir poco no soñamos, o, si soñamos, tal vez no nos queda recuerdo de ello. De niños y de jóvenes, en cambio, se sueña más y los sueños tienen el poder de determinar el humor del día. ¿Te acuerdas de cómo llorabas, recién despierta, en los últimos meses? Te estabas allí sentada delante de la taza de café y las lágrimas rodaban silenciosas por tus mejillas. «¿Por qué lloras?», te preguntaba entonces; y tú, desolada o furiosa, decías: «No lo sé.» A tu edad hay muchas cosas que ordenar dentro de uno mismo: hay proyectos y, en los proyectos, inseguridades. La parte inconsciente no tiene un orden o una lógica clara: con los residuos de la jornada, hinchados y deformados, mezcla las aspiraciones más profundas, entre las aspiraciones profundas mete las necesidades del cuerpo. De tal suerte, si tenemos hambre soñamos estar sentados a la mesa y no conseguir comer; si tenemos frío soñamos que estamos en el Polo Norte y no tenemos un abrigo; si hemos sufrido un desaire nos convertimos en guerreros sedientos de sangre.

¿Con qué sueñas, allá entre los cactus y los *cowboy*? Me gustaría saberlo. ¿Ocurrirá que, de vez en cuando, allá en medio, acaso vestida de piel roja, aparezca también yo? ¿Quién sabe si con la apariencia de un coyote aparece *Buck*? ¿Sientes nostalgia? ¿Nos recuerdas?

¿Sabes? Anoche, mientras estaba leyendo sentada en el sillón, repentinamente oí en la habitación un ruido rítmico: al levantar la cabeza del libro vi que *Buck*, mientras dormía, batía el suelo con la cola. Por la expresión de beatitud de su morro estoy segura de que te veía, tal vez acababas de regresar y él te estaba haciendo fiestas, o acaso recordaba algún paseo particularmente hermoso que habíais dado juntos. ¡Los perros son tan permeables a los sentimientos humanos! Con la convivencia desde la noche de los tiempos, nos hemos vuelto casi iguales. Por eso muchas personas los detestan. Ven demasiadas cosas de sí mismas reflejadas en su mirada tiernamente cobarde, cosas que preferirían ignorar. *Buck* sueña a menudo contigo últimamente. Yo no lo consigo, o tal vez lo consigo pero no logro recordarlo.

Cuando era pequeña, durante un tiempo vivió en nuestra casa una hermana de mi padre que había enviudado recientemente. Tenía la pasión del espiritismo y en cuanto mis padres no nos veían, en los más oscuros y ocultos rincones me instruía sobre los poderes extraordinarios de la mente. «Si quieres entrar en contacto con una persona lejana —me decía—, tienes que apretar en una mano una foto suya, trazar una cruz compuesta de tres pasos y luego decir "heme aquí, aquí estoy".» De esa manera, según ella, podría obtener la comunicación telepática con la persona deseada.

Esta tarde, antes de ponerme a escribir, hice precisamente eso. Eran alrededor de las cinco, donde tú estás había de ser de mañana. ¿Me has visto, me has oído? Yo te percibí en uno de esos bares llenos de luces y azulejos donde se comen bocadillos con una albóndiga dentro, en seguida te distinguí en medio de esa muchedumbre multicolor porque llevabas el último jersey que te hice, ese con unos ciervos rojos y azules. Pero la imagen fue tan breve y tan descaradamente perecida a las de las películas que no tuve tiempo de ver la expresión de tus ojos. ¿Te sientes feliz? Eso, por encima de cualquier otra cosa, es lo que más me importa.

¿Te acuerdas de cuántas discusiones sostuvimos para decidir si era o no era justo que yo financiase esta larga estancia tuya de estudios en el extranjero? Tú sostenías que te resultaba absolutamente necesaria, que para crecer y abrir

tu mente necesitabas irte, dejar el ambiente as-
fixiante en el que habías crecido. Acababas de
terminar la selectividad y vacilabas, en la más
total oscuridad, sobre lo que desearías hacer
cuando fueses mayor. Cuando eras pequeña tenías muchas pasiones: querías convertirte en
veterinario, en explorador, en médico de niños
pobres. De tales deseos no había quedado el
menor rastro. Con los años se había ido cerrando aquella apertura que habías manifestado hacia tus semejantes; todo lo que había sido filan-
tropía, deseo de comunión, en un brevísimo
lapso se convirtió en cinismo, soledad, obsesiva
concentración en tu destino infeliz. Si en la televisión se daba el caso de que viéramos alguna noticia particularmente cruenta, te mofabas
de la compasión que yo expresaba diciéndome:
«A tu edad, ¿de qué te asombras? ¿Todavía no
te has enterado de que la selección de la especie
es lo que gobierna el mundo?»

Ante esta clase de observaciones, las primeras
veces me quedé sin aliento, tenía la sensación
de tener un monstruo a mi lado; observándote
de reojo me preguntaba de dónde habías salido,
si era eso lo que te había enseñado con mi ejemplo. Nunca te contesté, pero intuía que el tiempo del diálogo había terminado, cualquier cosa
que dijera produciría solamente un encontrona-
zo. Por una parte, tenía miedo de mi fragilidad,
de la inútil pérdida de fuerzas, y, por la otra, intuía que el choque abierto era precisamente lo
que tú buscabas y que tras el primero se produ-
cirían otros, cada vez más violentos. Bajo tus
palabras percibía el rebullir de la energía, una

energía arrogante, lista para estallar y a duras penas contenida; mi manera de limar las asperezas, mi fingida indiferencia ante los ataques, te obligaron a buscar otros caminos.

Me amenazaste entonces con marcharte, desaparecer de mi vida sin dejar rastro. Tal vez te esperabas la desesperación, las humildes súplicas de una vieja. Cuando te dije que partir me parecía una excelente idea, empezaste a tambalearte, parecías una víbora que tras elevar la cabeza de golpe con las fauces abiertas y dispuesta para atacar, repentinamente ya no ve ante sí el objeto contra el que iba a lanzarse. Empezaste entonces a pactar, a avanzar propuestas; elaboraste varias, inseguras, hasta el día que, de nuevo con firmeza, delante de la taza de café anunciaste: «Me voy a América.»

Recibí esa decisión como había recibido las otras, con un amable interés. No quería, con mi aprobación, impulsarte a tomar decisiones equivocadas que no sintieras de verdad. Durante las semanas siguientes seguiste hablándome de la idea de ir a América. «Si voy allí un año —repetías obsesivamente—, por lo menos aprenderé un idioma y no perderé el tiempo.» Te irritabas enormemente cuando te hacía notar que perder el tiempo no es en absoluto grave. Pero llegaste al máximo de la irritación cuando te dije que la vida no es una carrera, sino un tiro al blanco, lo que importa no es el ahorro de tiempo, sino la capacidad de encontrar una diana. Había sobre la mesa dos tazas que inmediatamente hiciste volar barriéndolas con un brazo, para después estallar en llanto. «Eres una estúpida —decías cubriéndote el rostro con las manos—. Eres una estúpida. ¿No entiendes que precisamente eso es lo que quiero?» Durante semanas habíamos sido como dos soldados que, tras haber enterrado una mina en un campo, procuran no pasar sobre ella. Sabíamos dónde estaba, qué era, y caminábamos distantes, fingiendo que el asunto a temer era otro. Cuando estalló y tú sollozabas diciéndome no entiendes nada, nunca entenderás nada, tuve que realizar un gran esfuerzo para no dejarte intuir mi turbación. Tu madre, la manera que tuvo de concebirte, su muerte: de todo eso nunca te he hablado y el hecho de que callara te llevó a creer que para mí el asunto no existía, que era poco importante. Pero tu madre era mi hija, tal vez no tengas en cuenta eso. O quizás lo tengas en cuenta, pero, en vez de decirlo, lo incubas en tu interior: no puedo explicarme de otra forma determinadas miradas tuyas, determinadas palabras cargadas de odio. Aparte del vacío, de ella no tienes otros recuerdos: todavía eras demasiado pequeña el día que murió. Yo, en cambio, conservo en mi memoria treinta y tres años de recuerdos, treinta y tres más los nueve meses durante los cuales la llevé en mi vientre.

¿Cómo puedes pensar que el asunto me deja indiferente?

En el hecho de no enfrentar antes la cuestión, por mi parte había únicamente pudor y una buena dosis de egoísmo. Pudor, porque era inevitable que al hablar de ella tuviera que hablar de mí misma, de mis culpas, verdaderas o supuestas; egoísmo, porque confiaba en que mi amor fuese tan grande como para cubrir la ausencia del suyo, tanto como para impedirte sentir un día nostalgia de ella y preguntarme: «¿Quién era mi madre, por qué murió?»

Mientras fuiste una niña, juntas éramos felices. Eras una niña llena de alegría, pero en tu alegría no había nada que fuera superficial, que pudiera darse por descontado. Era una alegría sobre la que siempre estaba al acecho la sombra de la reflexión, pasabas de la risa al silencio con una facilidad sorprendente. «¿Qué hay, qué estás pensando? —te preguntaba entonces, y tú, como si yo hablase de la merienda, contestabas—: Pienso en si el cielo se acaba o sigue para siempre.» Estaba orgullosa de esa manera tuya de ser, tu sensibilidad se parecía a la mía, yo no me sentía mayor y distante, sino tiernamente cómplice. Me ilusionaba, quería ilusionarme con que fuese siempre así. Pero lamentablemente no somos seres suspendidos dentro de pompas de jabón, vagando felices por el aire; en nuestras vidas hay un antes y un después, y ese antes y después entrampa nuestros destinos, cae sobre nosotros como una red sobre la presa. Suele decirse que las culpas de los padres recaen sobre los hijos, las de los abuelos sobre los nietos, las de los bisabuelos sobre los bisnietos. Hay verdades que llevan consigo una sensación de liberación y otras que imponen el sentido de lo tremendo. Ésta pertenece a la segunda categoría. ¿Dónde se acaba la cadena de la culpa? ¿En Caín? ¿Será posible que todo haya de alejarse tanto? ¿Hay algo detrás de todo esto? En cierta ocasión leí en un libro hindú que el hado posee todo el poder, en tanto que la fuerza de la voluntad es tan sólo un pretexto. Tras haber leído aquello, una gran paz se aposentó en mi interior. Pero al día siguiente, sin embargo, pocas páginas más adelante, encontré que decía que el hado no es otra cosa que el resultado de las acciones pasadas: somos nosotros, con nuestras propias manos, quienes forjamos nuestro destino. Por lo tanto, volví a encontrarme en el punto de partida. «¿Dónde está el cabo de esta madeja? —me pregunté—. ¿Cuál es el hilo que se devana? ¿Es un hilo o una cadena? ¿Se puede cortar, romper, o bien nos envuelve para siempre?»

Por lo pronto, la que va a cortar soy yo. Mi cabeza ya no es la de antes; las ideas están siempre aquí, claro, no ha cambiado mi manera de pensar, sino la capacidad de mantener un esfuerzo prolongado. Ahora me siento cansada, la cabeza me da vueltas, como cuando de joven intentaba leer un libro de filosofía. Ser, no ser, inmanencia... después de unas pocas páginas sentía el mismo aturdimiento que se siente viajando en autobús por carreteras de montaña. Te dejo por el momento. Voy a idiotizarme un rato delante de esa amada-odiada cajita que está en la sala.

20 de noviembre

Otra vez aquí, tercer día de nuestro encuentro. O, mejor dicho, cuarto día y tercer encuentro. Ayer estaba tan fatigada que no logré escribir nada y tampoco leer. Sintiéndome inquieta y no sabiendo qué hacer, me pasé el día dando vueltas entre la casa y el jardín. El aire era bastante templado y durante las horas más cálidas me senté en el banco que está junto a la *forsizia*. Alrededor, el prado y los bancales estaban en el más completo desorden. Mirándolos, volvió a mi mente la pelea por las hojas caídas. ¿Cuándo fue? ¿El año pasado, hace dos años? Yo había pasado una bronquitis que no terminaba de curarse, las hojas estaban ya todas sobre la hierba y se arremolinaban por todas partes, arrastradas por el viento. Al asomarme a la ventana me había asaltado una gran tristeza; el cielo estaba sombrío, fuera todo ofrecía un aspecto de abandono. Me dirigí a tu habitación, estabas tendida en la cama con los auriculares en las orejas. Te pedí que por favor rastrillases las hojas. Para que me oyeras tuve que repetir la frase varias veces en un tono de voz cada vez más alto. Te encogiste de hombros diciendo: «¿Y eso por qué? En la naturaleza nadie las recoge, allí se quedan pudriéndose y está bien así.» En aquel entonces la naturaleza era tu gran aliada, conseguías justificarlo todo con sus inquebrantables leyes. En vez de explicarte que un jardín es una naturaleza domesticada, una naturaleza-perro que cada año se parece más a su amo y que, precisamente como un perro, necesita constantes atenciones, me retiré a la sala sin añadir nada más. Poco después, cuando pasaste por delante de mí para ir a coger algo de la nevera, viste que estaba llorando, pero no hiciste caso de ello. Sólo a la hora de la cena, cuando volviste a salir de tu cuarto y dijiste «¿Qué hay para comer?», te diste cuenta de que todavía estaba allí y de que todavía lloraba. Entonces te fuiste a la cocina y empezaste a trajinar ante los fogones. «¿Qué prefieres —gritabas desde la cocina—, un budín de chocolate o una tortilla?» Habías comprendido que mi dolor era verdadero e intentabas mostrarte amable, darme gusto de alguna manera. Al día siguiente por la mañana, al abrir los postigos te vi en el prado. Llovía con fuerza, llevabas el chubasquero amarillo y estabas rastrillando las hojas. Cuando regresaste alrededor de las seis, yo hice como si nada ocurriera; sabía que detestabas por encima de cualquier otra cosa esa parte de ti que te llevaba a ser buena.

Esta mañana, contemplando desolada los bancales del jardín, he pensado que verdaderamente debería recurrir a alguien para que elimine el abandono en que he caído desde que enfermé. Lo llevo pensando desde que salí del hospital, y, sin embargo, todavía no me decido a hacerlo. Con el paso de los años ha nacido en mí un gran sentimiento de celo por el jardín: por nada del mundo renunciaría a regar las dalias, a desprender de una rama una hoja muerta. Es raro, porque cuando era joven me fastidiaba mucho ocuparme de su cuidado; tener un jardín, más que un privilegio, me parecía un engorro. De hecho, bastaba que aflojase mi atención un día o dos e inmediatamente, sobre ese orden tan fatigosamente alcanzado, volvía a colarse el desorden; y el desorden era lo que me fastidiaba más que cualquier otra cosa. No tenía un centro en mi interior, y por consiguiente no soportaba ver en el exterior lo mismo que tenía én mi interior. ¡Hubiera debido recordarlo cuando te pedí que barrieras las hojas!

Hay cosas que sólo se pueden entender a cierta edad y no antes; entre éstas, la relación con la casa y con todo lo que hay dentro y fuera de ella. A los sesenta o setenta años repentinamente entiendes que el jardín y la casa ya no son un jardín y una casa donde vives por comodidad, o por azar, o porque son bellos, sino que son tu jardín y tu casa, te pertenecen de la misma manera que la concha pertenece al molusco que vive en su interior. Has formado la concha con tus secreciones, en sus capas concéntricas está grabada tu historia: la casa-cascarón te envuelve, está sobre ti, alrededor, tal vez ni siquiera la muerte pueda librarla de tu presencia, de las alegrías y sufrimientos que has sentido en su interior.

Anoche no tenía ganas de leer, de manera que

miré la televisión. A decir verdad, más que mirarla la escuché, porque después de menos de media hora de programa me adormecí. Oía las palabras a ratos, como cuando en el tren te hundes en una duermevela y las conversaciones de los demás pasajeros te llegan intermitentes y desprovistas de sentido. Transmitían una encuesta periodística sobre las sectas de este final de milenio. Había varias entrevistas a gurús, auténticos o falsos, y de entre su catarata de palabras llegó a mis oídos muchas veces el término karma. Al escucharlo, volvió a mi memoria el rostro del profesor de filosofía del instituto.

Era joven y, para aquellos tiempos, muy anticonformista. Explicándonos a Schopenhauer, nos había hablado un poco de las filosofías orientales y, refiriéndose a éstas, nos había introducido en el concepto de karma. En aquella ocasión no había prestado gran atención al asunto: tanto la palabra como lo que expresaba me habían entrado por un oído y salido por el otro. Como sedimento, durante muchos años me quedó la sensación de que se trataba de una especie de ley del talión, algo así como «ojo por ojo y diente por diente», o como «el que la hace la paga». Sólo cuando la directora del parvulario me citó para hablarme de tu extraño comportamiento, el karma —y lo que con éste se relaciona— volvió a mi mente. Habías alborotado el parvulario entero. Sin más ni más, durante la hora dedicada a los relatos libres, te habías puesto a hablar de tu vida anterior. Al principio las maestras habían pensado que se trataba de una excentricidad infantil. Ante lo que contabas, habían tratado de desvalorizarlo, de hacer que cayeras en contradicciones. Pero tú no caíste en ninguna, incluso dijiste palabras en un idioma que nadie conocía. Cuando el asunto se repitió por tercera vez, la directora del parvulario me mandó llamar. Por tu propio bien, y por tu futuro, me recomendaban encargar a un psicólogo que siguiera tu caso. «Con el trauma que ha sufrido —decía la directora—, es normal que se comporte así, que trate de evadirse de la realidad.» Naturalmente, nunca te llevé al psicólogo, me parecías una niña feliz, tendía más a pensar que esa fantasía tuya no había de imputarse a una perturbación anterior, sino a un orden distinto de las cosas. Tras aquel episodio nunca te incité a hablarme de aquello, ni tú sentiste, por propia iniciativa, la necesidad de hacerlo. Tal vez lo olvidaste todo el mismo día que lo dijiste delante de las maestras boquiabiertas.

Tengo la sensación de que en estos últimos años se ha puesto muy de moda hablar de esas cosas: antaño dichos argumentos eran tema de unos pocos elegidos; ahora, en cambio, están en boca de todo el mundo. Hace algún tiempo, en un periódico, leí que en América existen incluso grupos de autoconcienciación de la reencarnación. La gente se reúne y habla de sus existencias anteriores. Así, un ama de casa dice: «Durante el siglo pasado, en Nueva Orleans, era una mujer de la calle y por eso ahora no consigo serle fiel a mi marido», en tanto que el empleado de una gasolinera, racista, encuentra la razón de su odio en el hecho de haber sido devorado por los bantúes durante una expedición en el siglo XVI. ¡Qué lamentables estupideces! Habiendo perdido las raíces de la cultura propia, se intenta remendar con existencias pasadas lo gris e inseguro del presente. Si el ciclo de las vidas tiene un sentido, me parece, ciertamente, un sentido muy distinto.

En los tiempos del asunto del parvulario yo había conseguido algunos libros, había tratado de saber un poco más a fin de comprenderte mejor. Justamente en uno de aquellos ensayos se decía que los niños que recuerdan con precisión su vida anterior son los que han muerto precozmente y de manera violenta. Ciertas obsesiones que eran inexplicables a la luz de tu experiencia de niña —que si había fugas de gas en las tuberías, el temor de que en cualquier momento se produjese un estallido— me llevaban a inclinarme por esa clase de explicación. Cuando estabas cansada o ansiosa, o en el abandono del sueño, te asaltaban terrores descabellados. Lo que te asustaba no era el hombre del saco, ni las brujas, ni los lobos malos, sino el repentino temor de que en cualquier momento el universo de las cosas se viera atravesado por una deflagración. Las primeras veces, cuando aparecías aterrorizada, en el corazón de la noche, en mi dormitorio, me levantaba y con palabras dulces volvía a acompañarte a tu cuarto. Allí, tendida en la cama, cogida de mi mano, querías que te contase historias que tuvieran un final feliz. Por miedo a que yo dijera algo inquietante, primero me describías la trama con pelos y señales, yo no hacía otra cosa que seguir sumisamente tus instrucciones. Repetía el cuento una, dos, tres veces; cuando me levantaba para regresar a mi cuarto, convencida de que te habías calmado, al cruzar la puerta llegaba a mis oídos tu voz tenue: «¿Es así? —preguntabas—. ¿Es verdad? ¿Acaba siempre así?» Yo entonces volvía sobre mis pasos, te besaba en la frente y al besarte decía: «No puede acabar de ninguna otra manera, tesoro, te lo juro.»

Otras noches, en cambio, a pesar de no aprobar el hecho de que durmieses conmigo —no es bueno para los niños dormir con los viejos— no tenía ánimo para enviarte de vuelta a tu cama. Apenas percibía tu presencia junto a la mesita de noche, sin volverme, te tranquilizaba: «Todo está bajo control, nada va a estallar, puedes regresar a tu cama.» Después simulaba hundirme en un sueño inmediato y profundo. Sentía entonces tu respiración ligera, inmóvil durante un rato; algunos segundos después, el borde de la cama crujía débilmente, con movimientos cautelosos te deslizabas junto a mí y te dormías, exhausta como un ratoncillo que después de un gran susto alcanza por fin la tibieza de su ratonera. Al amanecer, para seguir el juego, te cogía en brazos, tibia, abandonada, y te llevaba a terminar de dormir en tu cuarto. Al despertarte era muy improbable que recordases nada, casi siempre estabas convencida de haber pasado la noche entera en tu cama.

Cuando esos ataques de pánico te asaltaban durante el día, te hablaba con dulzura. Te decía: «¿No ves lo fuerte que es la casa? Mira que paredes tan gruesas, ¿cómo quieres que estallen?» Pero mis esfuerzos por tranquilizarte eran absolutamente inútiles: con los ojos muy abiertos seguías observando el vacío delante de ti, repitiendo: «Todo puede estallar.» Nunca he dejado de hacerme preguntas sobre ese terror tuyo. La explosión, ¿qué era? ¿Podía tratarse del recuerdo de tu madre, de su final trágico y repentino? ¿O pertenecía a esa vida que, con insólita espontaneidad, habías relatado a las maestras del parvulario? ¿O se trataba de ambas cosas, mezcladas en algún inalcanzable lugar de tu memoria? Quién sabe. A pesar de lo que se suele decir, creo que en la cabeza del hombre hay todavía más sombras que luz. En el libro que compré entonces, de todas maneras, se decía que los niños que recuerdan otras existencias son mucho más frecuentes en la India y en Oriente, en los países donde el concepto mismo es aceptado tradicionalmente. Realmente, no me cuesta nada creerlo. Mira tú si algún día yo me hubiese acercado a mi madre y sin previo aviso me hubiera puesto a hablarle en otro idioma o le hubiese dicho: «No te aguanto, estaba mejor con mi mamá de la otra vida.» Puedes estar segura de que no habría aguardado ni al día siguiente para encerrarme en una casa para lunáticos.

A fin de librarse del destino que nos impone el ambiente de origen, aquello que los antepasados nos transmiten por la vía de la sangre, ¿existe alguna fisura? ¡Quién sabe! Tal vez, en la claustrofóbica sucesión de generaciones, alguien consigue en un determinado momento atisbar un peldaño un poco más elevado e intenta con todas sus fuerzas alcanzarlo. Romper un eslabón, renovar el aire de la habitación: éste es, me parece, el minúsculo secreto del ciclo de las vidas. Minúsculo, pero fortísimo; terrorífico por su incertidumbre.

Mi madre se casó a los dieciséis años, a los diecisiete me trajo al mundo. A lo largo de toda mi infancia, mejor dicho, de toda mi existencia, jamás la vi esbozar un gesto cariñoso. El suyo no fue un matrimonio por amor. Nadie la había obligado: se había obligado ella misma porque, por encima de todo, siendo rica pero judía, y conversa por añadidura, ambicionaba poseer un título nobiliario. Mi padre, mayor que ella, barón y melómano, se había sentido seducido por sus dotes de cantante. Tras haber procreado el heredero que el apellido requería, vivieron sumidos en desaires recíprocos y querellas hasta el fin de sus días. Mi madre murió insatisfecha y resentida, sin que jamás la rozase siquiera la duda de que por lo menos alguna culpa le correspondía a ella. El mundo era cruel, dado que no le había ofrecido mejores opciones. Yo era muy diferente a ella y ya a los siete años, una vez superada la dependencia de la primera infancia, empecé a no soportarla.

Sufrí mucho por su causa. Todo el tiempo estaba agitada y siempre se trataba únicamente de motivos externos. Su presunta «perfección» me hacía sentir que yo era mala, y la soledad era el precio de mi maldad. Al principio incluso hacía intentos por tratar de ser como ella, pero eran intentos desmañados que siempre fracasaban. Cuanto más me esforzaba, más desazonada me sentía. Renunciar a uno mismo lleva al desprecio. Del desprecio a la rabia el paso es corto.

Cuando comprendí que el amor de mi madre era un asunto relacionado con la mera apariencia, con cómo tenía que ser yo y no con cómo era realmente, en el secreto de mi cuarto y en el de mi corazón empecé a odiarla.

Para evadirme de ese sentimiento me refugié en un mundo totalmente mío. Por las noches, en la cama, con la luz velada con un paño leía libros de aventuras hasta bien entrada la noche. Fantasear me gustaba mucho. Durante un período soñé que era pirata: vivía en el mar de la China y era una pirata muy especial, porque no robaba para mi provecho, sino para entregarlo todo a los pobres. De las fantasías de bandidaje pasaba a las filantrópicas: pensaba que, después de diplomarme en medicina, me iría al África a curar negritos. A los catorce años leí la biografía de Schliemann y al leerla comprendí que jamás de los jamases podría dedicarme a curar a la gente porque mi única verdadera pasión era la arqueología. Entre todas las innumerables actividades que imaginé emprender, me parece que ésta fue la única verdaderamente mía.

Y, efectivamente, por realizar ese sueño combatí la primera y única batalla con mi padre: la de ir en el instituto al Liceo Clásico. Él no quería ni oír hablar del asunto, decía que no servía para nada, que, si realmente quería estudiar, era mejor que aprendiese idiomas. Pero al final me salí con la mía. En el momento en que atravesé el portar del instituto estaba absolutamente segura de que había ganado. Era una ilusión. Cuando al terminar los estudios superiores le comuniqué mi intención de entrar en la universidad, su perentoria respuesta fue: «Ni hablar.» Y yo, tal como se estilaba entonces, obedecí sin decir esta boca es mía. No hay que creer que ganar una batalla equivale a haber ganado la guerra. Se trata de un error de juventud. Cuando pienso en ello ahora, creo que si hubiera seguido luchando, si le hubiese plantado cara, al final mi padre habría terminado por ceder. Aquella negativa categórica formaba parte del sistema educativo de aquellos tiempos. En el fondo, no se pensaba que los jóvenes fuesen capaces de tomar decisiones propias. Por consiguiente, cuando expresaban alguna voluntad diferente, se intentaba ponerlos a prueba. En vista de que yo había capitulado ante el primer obstáculo, para ellos había sido más que evidente que no se trataba de una verdadera vocación, sino de un deseo pasajero.

Para mi padre, como para mi madre, los hijos eran ante todo una obligación mundana. En la misma medida en que se desentendían de nuestro desarrollo interior, trataban con extremada rigidez los aspectos más banales de la educación. A la mesa tenía que sentarme erguida, con los codos pegados al cuerpo. Que al hacerlo pensara solamente en cuál sería la mejor manera de suicidarme, no tenía la menor importancia. La apariencia lo era todo, más allá sólo existían cosas inconvenientes.

Por lo tanto, crecí con la sensación de ser algo así como una mona que tenía que estar bien adiestrada y no un ser humano, una persona con sus alegrías y sus pesadumbres, con su necesidad de ser amada. De esta desazón pronto nació en mi interior una gran soledad, una soledad que con el paso de los años se volvió enorme, una especie de vacío en el que me movía con los gestos lentos y torpes de un buzo. La soledad también nacía de las preguntas, de preguntas que me planteaba y a las que no sabía dar respuesta. Ya desde los cuatro o cinco años miraba a mi alrededor y me preguntaba: «¿Por qué estoy aquí? ¿De dónde vengo yo, de dónde vienen todas las cosas que veo a mi alrededor, qué es lo que hay detrás, han estado siempre aquí, incluso cuando yo no estaba, seguirán estando para siempre?» Me planteaba todas las preguntas que se plantean los niños sensibles cuando se asoman a la complejidad del mundo. Estaba convencida de que también los mayores se las planteaban, de que tenían la capacidad de darles respuesta; en cambio, después de dos o tres intentos con mi madre y con la niñera, intuí que, no solamente no sabían darles respuesta, sino que ni siquiera se las habían planteado.

Se acrecentó así la sensación de soledad, ¿comprendes? Me veía obligada a resolver cada enigma contando sólo con mis fuerzas; cuanto más tiempo pasaba, más preguntas me hacía sobre todas las cosas, eran preguntas cada vez más grandes, cada vez más terribles, de sólo pensarlas daban miedo.

El primer encuentro con la muerte lo tuve hacia los seis años. Mi padre tenía un perro de caza que se llamaba *Argo*; tenía un carácter manso y cariñoso y era mi compañero de juegos preferido. Durante tardes enteras le metía en la boca papillas que hacía con barro y hierbas, o bien lo obligaba a hacer de cliente de la peluquería, y él, sin rebelarse, daba vueltas por el jardín con las orejas cargadas de horquillas. Pero un día, justamente mientras le estaba probando un nuevo peinado, me di cuenta de que tenía bajo la garganta un bulto. Hacía ya algunas semanas que no tenía ganas de correr y saltar como antes; si yo me acomodaba en un rincón para comer mi merienda ya no se me echaba delante suspirando esperanzado.

Un mediodía, al volver de la escuela, no lo encontré esperándome ante la cancela. Al principio pensé que habría ido a alguna parte con mi padre. Pero cuando vi a mi padre tranquilamente sentado en su estudio y que *Argo* no estaba a sus pies, sentí en mi interior una gran agitación. Salí gritando a pleno pulmón, llamándolo por todo el jardín: volví dos o tres veces adentro y lo busqué, explorando la casa de cabo a rabo. Al llegar la noche, en el momento de dar a mis padres el beso obligatorio de las buenas noches, reuniendo todo mi valor le dije a mi padre: «¿Dónde está *Argo*?» «*Argo* —repuso él sin levantar la vista del periódico—, *Argo* se ha marchado.» «¿Y por qué?», pregunté yo. «Porque estaba harto de que lo fastidiaras.»

¿Indelicadeza? ¿Superficialidad? ¿Sadismo? ¿Qué había en aquella respuesta? En el momento exacto en que escuché esas palabras, algo se rompió en mi interior. Empecé a no conciliar el sueño por las noches, de día era suficiente una nimiedad para hacerme estallar en llanto. Al cabo de un par de meses llamaron al pediatra. «La niña tiene agotamiento», dijo, y me suministró aceite de hígado de bacalao. Nadie me preguntó nunca por qué no dormía ni por qué llevaba siempre conmigo la pelotita mordisqueada de *Argo*.

A ese episodio le atribuyo el comienzo de mi edad adulta. ¿A los seis años? Pues sí, exactamente a los seis años. *Argo* se había marchado porque yo había sido mala; por lo tanto, mi conducta influía sobre lo que me rodeaba. Influía haciendo desaparecer, destruyendo.

A partir de aquel momento, mis acciones no fueron jamás neutras, finalidades en sí mismas. con el terror de volver a equivocarme las reduje paulatinamente al mínimo, me volví apática, vacilante. Por las noches apretaba entre mis manos la pelota y llorando decía: «*Argo*, por favor, regresa, aunque me haya equivocado te quiero más que a nadie.» Cuando mi padre trajo a casa otro cachorro, no quise ni mirarlo. Para mí era, y tenía que seguir siendo, un perfecto extraño.

En la educación de los niños imperaba la hipocresía. Recuerdo perfectamente que en cierta ocasión, paseando con mi padre cerca de un seto, había encontrado un petirrojo tieso. Sin temor alguno lo había recogido y se lo había mostrado. «Deja eso —había gritado él en seguida—, ¿no ves que está durmiendo?» La muerte, como el amor, era un tema que había que evitar. ¿No habría sido mil veces preferible que me hubiesen dicho que *Argo* había muerto? Mi padre hubiera podido cogerme en brazos y decirme: «Lo he matado yo porque estaba enfermo y sufría. Allá donde se encuentra ahora es mucho más feliz.» Seguramente habría llorado más, me habría desesperado, durante meses y meses habría ido al sitio donde estaba enterrado y le habría hablado largamente a través de la tierra. Después, poco a poco, habría empezado a olvidarme de él, me habrían interesado otras cosas, hubiera tenido otras pasiones y *Argo* se habría deslizado hacia el fondo de mis pensamientos como un recuerdo, un hermoso recuerdo de la infancia. De esa forma, en cambio, *Argo* se convirtió en un pequeño muerto que cargaba en mi interior.

Por eso digo que a los seis años era ya mayor, porque en lugar de alegría lo que tenía era ansiedad, y en vez de curiosidad, indiferencia. ¿Eran mi padre y mi madre unos monstruos? No, en absoluto; para aquellos tiempos eran unas personas absolutamente normales.

Sólo al llegar a vieja mi madre empezó a contarme algo de su infancia. Su madre había muerto cuando ella era todavía niña; antes que a ella había dado a luz un varón que había muerto a los tres años de pulmonía. Ella había sido concebida inmediatamente después y no sólo había tenido la desdicha de nacer hembra, sino que además nació el mismo día en que había muerto su hermano. Para recordar esa triste coincidencia, desde que era una lactante la habían ataviado con colores de luto. Sobre su cuna campeaba un gran retrato al óleo de su hermano. Servía para que tuviera presente, tan pronto abría los ojos, que era solamente un reemplazo, una desteñida copia de alguien mejor. ¿Comprendes? ¿Cómo culparla entonces por su frialdad, por sus elecciones equivocadas, por esa manera suya de estar lejos de todo? Hasta los monos, si se crían en un laboratorio aséptico en vez de criarse con su verdadera madre, al poco tiempo se vuelven tristes y se dejan morir. Y si nos remontásemos más allá todavía, para ver a su madre y a la madre de su madre, a saber qué otras cosas encontraríamos.

Habitualmente la desdicha sigue la línea femenina. Al igual que ciertas anomalías genéticas, va pasando de madre a hija. Al pasar, en vez de atenuarse, se va volviendo cada vez más inextirpable y profunda. En aquel entonces, para los hombres era muy diferente: tenían la profesión, la política, la guerra; su energía podía salir fuera, expandirse. Nosotras no. Nosotras, a lo largo de generaciones y generaciones, hemos frecuentado tan sólo el dormitorio, la cocina, el cuarto de baño; hemos llevado a cabo miles y miles de pasos, de gestos, llevando a cuestas el mismo rencor, la misma insatisfacción. ¿Que me he vuelto feminista? No, no temas: sólo trato de mirar con lucidez lo que hay detrás.

¿Te acuerdas cuando íbamos, la noche del 15 de agosto, a mirar los fuegos de artificio que disparaban desde el mar? Entre todos ellos había, de vez en cuando, alguno que aunque estallaba no lograba elevarse hacia el cielo. Pues cuando pienso en la vida de mi madre, en la de mi abuela, cuando pienso en muchas vidas de personas que conozco, en mi mente aparece justamente esa imagen: fuegos que implosionan en vez de ascender hacia lo alto.

21 de noviembre

He leído en alguna parte que Manzoni, mientras estaba escribiendo *Los novios*, se levantaba contento todas las mañanas porque iba a encontrarse de nuevo con sus personajes. De mí no puedo decir lo mismo. Aunque hayan transcurrido muchos años, no me da el menor placer hablar de mi familia: en mi memoria, mi madre se ha mantenido inmóvil y hostil como un jenízaro. Esta mañana, a fin de airear un poco mis sentimientos hacia ella, mis recuerdos, me fui a dar un garbeo por el jardín. Había llovido durante la noche. Hacia occidente el cielo estaba claro, mientras que detrás de la casa aún se cernían unos nubarrones violetas. Antes de que empezara a llover otra vez volví a entrar en la casa. Poco después se produjo el temporal. Había en la casa tal oscuridad que tuve que encender las luces. Desconecté la televisión y la nevera para que los rayos no las estropeasen; cogí después la linterna, me la metí en el bolsillo y me vine a la cocina para cumplir con nuestro encuentro cotidiano.

Sin embargo, apenas me hube sentado, me di

cuenta de que todavía no estaba preparada: tal vez había demasiada electricidad en el aire; mis pensamientos iban de un lado a otro como si fuesen chispas. Entonces me puse de pie y, seguida por el impávido *Buck*, me puse a dar vueltas por la casa sin una meta precisa. Fui a la habitación en que había dormido con tu abuelo, después a mi actual dormitorio —que antaño había sido de tu madre—, después al comedor, que no se utiliza desde hace mucho tiempo, y por último a tu habitación. Al pasar de un cuarto al otro, recordé la impresión que me había producido la casa la primera vez que puse los pies en ella: no me había gustado nada. No la había escogido yo, sino Augusto, mi marido, que además la había escogido a toda prisa. Necesitábamos un sitio donde establecernos y la espera no se podía prolongar más. Dado que era bastante grande y tenía jardín, le había parecido que esa casa satisfacía todas nuestras exigencias. Desde el momento de abrir la cancela, me pareció de mal gusto, mejor dicho, de pésimo gusto; en los colores y en las formas, no había ni un solo fragmento que armonizase con los demás. Vista desde un lado parecía un chalet suizo; desde el lado contrario, con su gran ventanilla central y la fachada de tejado escalonado, podía ser una de esas casas holandesas que se asoman a los canales. Si mirabas desde lejos sus siete chimeneas de formas diferentes, te dabas cuenta de que el único sitio en que podía existir era en un cuento de hadas. Había sido construida en los años veinte, pero no había ni un solo detalle que pudiera relacionarla con las casas de aquella época. Me inquietaba el hecho de que no tuviese una identidad propia y tardé muchos años en acostumbrarme a la idea de que era mía, de que la existencia de mi familia coincidía con sus paredes.

Justamente mientras estaba en tu habitación, un rayo cayó más cerca que los otros e hizo saltar los fusibles. En vez de encender la linterna, me tendí en la cama. Fuera la lluvia caía con fuerza, el viento soplaba a ráfagas y dentro se oían diferentes sonidos: crujidos, pequeños golpes, los ruidos de la madera que se acomoda. Con los ojos cerrados, durante un instante la casa me pareció un navío, un gran velero que avanzaba a través del prado. El temporal se aplacó hacia la hora de la comida y a través de la ventana de tu habitación vi que se habían desgajado dos gruesas ramas del nogal.

Ahora estoy nuevamente en la cocina, en mi puesto de batalla: he comido y he lavado los pocos platos que he ensuciado. *Buck* duerme a mis pies, postrado por las emociones de esta mañana. A medida que pasan los años, las tormentas lo sumen cada vez más en un estado de terror del que le cuesta recobrarse.

En los libros que compré cuando tú ibas al parvulario encontré una frase que decía que la elección de la familia en la que a uno le toca nacer está guiada por el ciclo de las existencias. Una tiene cierto padre y cierta madre porque sólo ese padre y esa madre le permitirán entender algo más, avanzar un pequeño, un pequeñísimo paso. Pero si así fuera, me había preguntado entonces, ¿por qué nos quedamos inmóviles durante tantas generaciones? ¿Por qué en vez de avanzar retrocedemos?

Hace poco, en el suplemento científico de un periódico he leído que tal vez la evolución no funciona como siempre hemos pensado que funciona. Según las últimas teorías, los cambios no se producen de una manera gradual. La pata más larga, el pico con una forma diferente para poder explorar otros recursos, no se forman poco a poco, milímetro a milímetro, generación tras generación. No. Aparecen repentinamente: de madre a hijo todo cambia, todo es diferente. Para confirmarlo tenemos los restos de esqueletos, mandíbulas, pezuñas, cráneos con dientes diferentes. De muchas especies jamás se han hallado formas intermedias. El abuelo es de una manera y el nieto de otra, entre una y otra generación se ha producido un salto. ¿Y si se diera lo mismo en la vida interior de las personas?

Los cambios se acumulan imperceptiblemente, poco a poco, y al llegar a cierto punto estallan. Repentinamente una persona rompe el círculo, decide ser diferente. Destino, herencia, educación, ¿dónde empieza una cosa y dónde termina la otra? Si te detienes a reflexionar, aunque sea un solo instante, casi en seguida te asalta un gran miedo ante el misterio que todo esto encierra.

Poco antes de casarme, la hermana de mi padre —la amiga de los espíritus— había encargado a un amigo suyo, astrólogo, que me hiciera mi horóscopo. Un día se me plantó con un papel en la mano y me dijo: «Mira, éste es tu futuro.» Había en esa hoja un dibujo geométrico, las líneas que unían entre sí los signos de los planetas formaban muchos ángulos. Apenas lo vi, recuerdo haber pensado que ahí dentro no había armonía ni continuidad, sino una sucesión de saltos, de giros tan bruscos que parecían caídas. Detrás, el astrólogo había escrito: «Un camino difícil. Tendrás que armarte de todas las virtudes para recorrerlo hasta el final.»

Aquello me causó un fuerte impacto. Hasta ese momento mi vida me había parecido muy trivial: claro que había tenido dificultades, pero me habían parecido dificultades insignificantes, más que abismos eran simples encrespamientos de la juventud. Pero incluso cuando más tarde me hice mayor, esposa y madre, viuda y abuela, jamás me aparté de esa aparente normalidad. El único acontecimiento extraordinario, si es que se puede llamar así, fue la trágica desaparición de tu madre. Sin embargo, bien mirado, en el fondo aquel cuadro de las estrellas no mentía: detrás de la superficie sólida y lineal, detrás de mi rutina cotidiana de mujer burguesa, había en realidad un movimiento constante que estaba hecho de pequeñas ascensiones, de desgarramientos, de oscuridades repentinas y de abismos profundísimos. A lo largo de mi vida la desesperación me ha embargado con frecuencia, me he sentido como esos soldados que marcan el paso manteniéndose quietos en el mismo sitio. Cambiaban los tiempos, cambiaban las personas, todo a mi alrededor cambiaba y yo tenía la sensación de estar siempre quieta.

La muerte de tu madre dio un golpe de gracia a la monotonía de esa marcha. La idea que tenía de mí misma, ya de por sí modesta, se derrumbó en un solo instante. Si hasta ahora, decía para mis adentros, he avanzado uno o dos pasos, de pronto he retrocedido, he alcanzado el punto más bajo de mi trayecto. En aquellos días temí no resistir más, me parecía que esa mínima cantidad de cosas que había entendido hasta entonces había sido borrada de un solo golpe. Por suerte no pude abandonarme a ese estado depresivo, la vida proseguía con sus exigencias.

La vida eras tú: llegaste, pequeña, indefensa, sin tener a nadie más en el mundo, invadiste esta casa silenciosa y triste con tus risas repentinas, con tus llantos. Mirando tu cabezota de niña oscilar entre la mesa y el sofá, recuerdo haber pensado que no estaba todo perdido. El azar, con su imprevisible generosidad, me había ofrecido una ocasión más.

El Azar. En cierta ocasión, el marido de la señora Morpurgo me dijo que en la lengua hebraica esa palabra no existe: para indicar algo que se refiere a la casualidad se ven obligados a utilizar la palabra «azar», que es de origen árabe. Es cómico, ¿no crees? Cómico, pero también tranquilizador: donde hay Dios, no hay sitio para el azar, ni siquiera para el humilde vocablo que lo representa. Todo está ordenado y regulado desde las alturas, cada cosa que te ocurre, te ocurre porque tiene un sentido. He experimentado siempre una gran envidia por quienes abrazan esa visión del mundo sin vacilaciones, por su elección de la levedad. Por lo que a mí respecta, con toda mi buena voluntad, no he logrado hacerla mía más de un par de días seguidos; delante del horror, delante de la injusticia, siempre he retrocedido: en vez de justificarlos con gratitud, siempre nació en mi interior un sentimiento muy grande de rebeldía.

Ahora, de todas maneras, me preparo para realizar una acción realmente azarosa, enviarte un beso. Cuánto los detestas, ¿eh? Rebotan en tu coraza como pelotas de tenis. Pero no tiene la menor importancia, te guste o no te guste igualmente te envío un beso. No puedes hacer nada porque en este momento, transparente y ligero, ya está volando sobre el océano.

Estoy fatigada. He releído lo que he escrito hasta ahora con cierta ansiedad. ¿Comprenderás algo? Muchas cosas se agolpan en mi cabeza, para salir se dan empellones entre sí, como las señoras frente a los saldos de temporada. Cuando razono nunca consigo mantener un método, un hilo conductor que con sentido lógico lleve desde el principio hasta el final. Quién sabe, a veces pienso que se debe al hecho de que nunca fui a la universidad. He leído muchos libros, he sentido curiosidad por muchas cosas, pero siempre con un pensamiento puesto en los pañales, otro en los hornillos, otro en los sentimientos. Un botánico, si pasea por una pradera escoge las flores con un orden preciso, sabe qué es lo que le interesa y qué es lo que no le interesa en lo más mínimo; decide, descarta, establece relaciones. Pero si el que pasea por la pradera es un excursionista, escoge las flores de manera muy distinta: una porque es amarilla, otra porque es azul, una tercera porque es perfumada, la cuarta porque está al borde del sendero. Creo que mi relación con el saber ha sido justamente así. Tu madre siempre me lo echaba en cara. Cuando discutíamos yo siempre sucumbía en seguida. «Careces de dialéctica —me decía—. Como todos los burgueses, no sabes defender lo que piensas.»

Del mismo modo que tú estás empapada de una inquietud salvaje y desprovista de nombre, así tu madre estaba empapada de ideología. Para ella era una fuente de reprobación el hecho de que yo hablase de cosas pequeñas y no de las grandes. Me tildaba de reaccionaria y enferma de fantasías burguesas. Según su punto de vista yo era rica y, en tanto que rica, entregada a lo superfluo, al lujo, naturalmente proclive al mal.

Por cómo me miraba a veces, yo estaba segura de que, en caso de haber un tribunal del pueblo presidido por ella, me habría condenado a muerte. Yo tenía la culpa de vivir en una torre con jardín en vez de en una barraca o en un piso del extrarradio. A dicha culpa se añadía el hecho de haber heredado una pequeña renta que nos permitía a ambas vivir. A fin de no cometer los errores que habían cometido mis padres, me interesaba por lo que decía o, por lo menos, me esforzaba por llevarlo a la práctica. Nunca me burlé de ella ni jamás le di a entender hasta qué punto era extraña a cualquier idea totalizadora, pero de todas formas ella debía percibir mi desconfianza ante sus frases hechas.

Ilaria fue a la Universidad de Padua. Hubiera

podido muy bien ir a Trieste, pero era demasiado intolerante como para seguir viviendo a mi lado. Cada vez que le proponía ir a visitarla me contestaba con un silencio cargado de hostilidad. Sus estudios avanzaban muy lentamente, yo no sabía con quién compartía la casa, nunca había querido decírmelo. Como conocía su fragilidad, estaba preocupada. Había ocurrido lo del mayo francés: universidades ocupadas, movimiento estudiantil. Oyendo las pocas cosas que me contaba por teléfono, me daba cuenta de que ya no lograba seguirle el paso, estaba siempre muy enardecida por algo y ese algo cambiaba constantemente. Obedeciendo a mi papel de madre, intentaba comprenderla, pero era muy difícil: todo estaba agitado, todo era escurridizo, había demasiadas ideas nuevas y demasiados conceptos absolutos. Ilaria, en vez de expresarse con palabras suyas, enhebraba un eslogan tras otro. Yo temía por su equilibrio psíquico: el hecho de sentirse miembro de un grupo con el que compartía las mismas certezas, los mismos dogmas absolutos, reforzaba de una manera preocupante su natural tendencia a la arrogancia.

Cuando llevaba seis años en la universidad me preocupó un silencio más prolongado que los anteriores, y cogí el tren para ir a verla. Nunca lo había hecho desde que estaba en Padua. Cuando abrió la puerta se quedó aterrorizada. En vez de saludarme, me agredió: «¿Quién te ha invitado? —y sin darme siquiera el tiempo de contestarle, añadió—: Deberías haberme avisado, justamente estaba a punto de salir. Esta mañana tengo un examen importante.» Todavía llevaba el camisón puesto, era evidente que se trataba de una mentira. Simulé no darme cuenta y le dije: «Paciencia, quiere decir que te esperaré, y después festejaremos juntos el resultado.» Poco después se marcho de verdad, con tanta prisa que se dejó sobre la mesa los libros.

Una vez sola en la casa, hice lo que cualquier otra madre habría hecho: me di a curiosear por los cajones, buscaba una señal, algo que me ayudase a comprender qué dirección había tomado su vida. No tenía la intención de espiar, de ponerme en plan de censura o inquisición, estas cosas nunca han formado parte de mi carácter. Sólo había en mí una gran ansiedad y para aplacarla necesitaba algún punto de contacto. Salvo octavillas y opúsculos de propaganda revolucionaria, no encontré nada, ni un diario personal o una carta. En una de las paredes de su dormitorio había un cartel con la siguiente inscripción: «La familia es tan estimulante y ventilada como una cámara de gas.» A su manera, aquello era un indicio.

Ilaria regresó a primera hora de la tarde. Tenía el mismo aspecto de ir sin aliento que cuando salió. «¿Cómo te fue el examen?», pregunté con el tono más cariñoso posible. «Como siempre —y, tras una pausa, agregó—: ¿Para esto has venido, para controlarme?» Yo quería evitar un choque, de manera que con tono tranquilo y accesible le contesté que sólo tenía un deseo: que hablásemos un rato las dos.

«¿Hablar? —repitió incrédula—. Y, ¿de qué? ¿De tus pasiones místicas?»

«De ti, Ilaria», dije entonces en voz baja, tratando de encontrar su mirada. Se acercó a la ventana, mantenía la mirada fija en un sauce algo apagado. «No tengo nada que contar; por lo menos, no a ti. No quiero perder el tiempo con charlas intimistas y pequeñoburguesas.» Después desplazó la mirada del sauce a su reloj de pulsera y dijo: «Es tarde, tengo una reunión importante. Tienes que marcharte.» No obedecí: me puse de pie, pero en vez de salir me acerqué a ella y cogí sus manos entre las mías. «¿Qué ocurre? —le pregunté—. ¿Qué es lo que te hace sufrir?» Percibía que su aliento se aceleraba. «Verte en este estado me hace doler el corazón —añadí—. Aunque tú me rechaces como madre, yo no te rechazo como hija. Querría ayudarte, pero si tú no vienes a mi encuentro no puedo hacerlo.» Entonces la barbilla le empezó a temblar como cuando era niña, y estaba a punto de llorar, apartó sus manos de las mías y se volvió de golpe. Su cuerpo delgado y contraído se sacudía por los sollozos profundos. Le acaricié el pelo; su cabeza estaba tan caliente como heladas sus manos. Se dio la vuelta de golpe y me abrazó escondiendo el rostro en mi hombro. «Mamá —dijo—, yo... yo...»

En ese preciso instante se oyó el teléfono.

—Deja que siga llamando —le susurré al oído.

—No puedo —contestó enjugándose las lágrimas.

Cuando levantó el auricular su voz volvía a ser

metálica, ajena. Por el breve diálogo comprendí que algo grave tenía que haber ocurrido. Efectivamente, en seguida me dijo: «Lo siento, pero realmente ahora debes marcharte.» Salimos juntas, en el umbral cedió y me dio un abrazo rapidísimo y culpable. «Nadie puede ayudarme», musitó mientras me abrazaba. La acompañé hasta su bicicleta, atada a un poste poco distante. Estaba ya montada sobre el sillín cuando, metiendo dos dedos debajo de mi collar, dijo: «Las perlas, ¿eh? Son tu salvoconducto. ¡Desde que naciste nunca te has atrevido a dar un paso sin ellas!»

Después de tantos años, éste es el episodio de la vida con tu madre que más frecuentemente evoco. A menudo pienso en él. ¿Cómo puede ser, me digo, que entre todas las cosas que hemos vivido juntas aparezca siempre, ante todo, este recuerdo? Hoy, precisamente, mientras por enésima vez me lo preguntaba, dentro de mí resonó un proverbio: «Allá va la lengua donde duele la muela.» Qué tiene que ver, te preguntarás. Tiene que ver, tiene muchísimo que ver. Aquel episodio vuelve a presentarse a menudo en mis pensamientos porque es el único en que tuve la posibilidad de hacer que las cosas cambiaran. Tu madre había roto a llorar, me había abrazado: en ese momento se había abierto una grieta en su coraza, una hendidura mínima por la que yo hubiera podido entrar. Una vez dentro habría podido actuar como esos clavos que se abren apenas entran en la pared: poco a poco se ensanchan, ganando algo más de espacio. Me habría convertido en un punto firme en su vida. Para hacerlo debería haber tenido mano firme. Cuando ella dijo «realmente ahora debes marcharte», debería haberme quedado. Debería haber cogido un cuarto en algún hotel próximo y volver a llamar a su puerta cada día; insistir hasta transformar esa hendidura en un paso abierto. Faltaba muy poco, lo sentía.

No lo hice, en cambio: por cobardía, pereza y falso sentido del pudor obedecí su orden. Yo había detestado la invasividad de mi madre, quería ser una madre diferente, respetar la libertad de su existencia. Detrás de la máscara de la libertad se esconde frecuentemente la dejadez, el deseo de no implicarse. Hay una frontera sutilísima; atravesarla o no atravesarla es asunto de un instante, de una decisión que se asume o se deja de asumir; de su importancia te das cuenta sólo cuando el instante ya ha pasado. Sólo entonces te arrepientes, sólo entonces comprendes que en aquel momento no tenía que haber libertad, sino intromisión: estabas presente, tenías conciencia, de esa conciencia tenía que nacer la obligación de actuar. El amor no conviene a los perezosos, para existir en plenitud exige gestos fuertes y precisos. ¿Comprendes? Yo había disfrazado mi cobardía y mi indolencia con los nobles ropajes de la libertad.

La idea del destino es un pensamiento que aparece con la edad. Cuando se tienen los años que tienes tú, generalmente no se piensa en ello, todo lo que ocurre se ve como fruto de la propia voluntad. Te sientes como un obrero que, poniendo una piedra tras otra, construye ante sí el camino que habrá de recorrer. Sólo mucho más adelante te das cuenta de que el camino ya está hecho, alguien lo ha trazado para ti, y todo lo que puedes hacer es avanzar. Es un descubrimiento que habitualmente se produce hacia los cuarenta años: entonces empiezas a intuir que las cosas no dependen solamente de ti. Es un momento peligroso durante el cual no es raro resbalar hacia un fatalismo claustrofóbico. Para ver el destino en toda su realidad has de dejar que transcurran algunos años más. Hacia los sesenta, cuando el camino a tus espaldas es más largo que el que tienes delante, ves una cosa que antes nunca habías visto: el camino que has recorrido no era recto, sino que estaba lleno de bifurcaciones, a cada paso había una flecha que señalaba una dirección diferente; a cierta altura se abría un sendero, en otro sitio una senda herbosa que se perdía en los bosques. Cogiste alguno de esos desvíos sin darte cuenta, otros ni siquiera los viste; no sabes adónde te habrían llevado los que dejaste de lado, si a un sitio mejor o peor; no lo sabes, pero igualmente sientes añoranza. Podías haber hecho algo y no lo has hecho, has vuelto hacia atrás en vez de avanzar. Como el juego de la oca, ¿te acuerdas? La vida se desarrolla más o menos de la misma manera.

A lo largo de los cruces de tu camino te encuentras con otras vidas: conocerlas o no conocerlas, vivirlas a fondo o dejarlas correr es asunto que sólo depende de la elección que efectúas en un instante. Aunque no lo sepas, en pasar de largo o desviarte a menudo está en juego tu existencia, y la de quien está a tu lado.

22 de noviembre

Esta noche ha cambiado el tiempo; llegó el viento del este y en pocas horas barrió todas las nubes. Antes de sentarme a escribir he dado un paseo por el jardín. La *bora** todavía soplaba con fuerza, se metía bajo las ropas. *Buck* estaba eufórico, quería jugar, trotaba a mi lado con una piña en la boca. Reuniendo mis pocas fuerzas conseguí arrojársela solamente una vez: fue un vuelo brevísimo, pero él se quedó contento lo mismo. Tras haber controlado las condiciones de salud de tu rosa, fui a saludar al nogal y al cerezo, mis árboles predilectos.

¿Recuerdas cómo me tomabas el pelo cuando me veías inmóvil acariciando sus troncos? «¿Qué estás haciendo? —me decías—. No se trata del lomo de un caballo.» Después, cuando te hacía notar que tocar un árbol no es distinto a tocar cualquier otro ser viviente, y que hasta es mejor, te encogías de hombros y te marchabas irritada. ¿Que por qué es mejor? Porque si le ras-

*   *Bora*, voz derivada de *bóreas*, es un viento del noreste, impetuoso y gélido, característico de la región. *(N. del t.)*

co la cabeza a *Buck*, por ejemplo, sí, claro, siento algo cálido, vibrante, pero en ese algo siempre hay debajo una sutil agitación. Es la hora de la comida, que está demasiado cerca o demasiado lejos, es la nostalgia de ti, o incluso sólo el recuerdo de un mal sueño. ¿Entiendes? En el perro, como en el hombre, hay demasiados pensamientos, demasiadas exigencias. El logro de la quietud y de la felicidad nunca depende solamente de él.

En el árbol, en cambio, el asunto es diferente. Desde que brota hasta que muere, siempre está inmóvil en el mismo sitio. Con las raíces se acerca al corazón de la tierra más que cualquier otra cosa, con su copa es lo que más cerca está del cielo. Por su interior la savia corre de abajo arriba, de arriba abajo. Se extiende y se retrae según la luz del día. Espera la luz del sol, espera la lluvia, espera una estación y después la otra, espera la muerte. Ninguna de las cosas que le permiten vivir depende de su voluntad. Existe y basta. ¿Entiendes ahora por qué es hermoso acariciarlos? Por la solidez, por su aliento tan prolongado, tan sosegado, tan profundo. En algún sitio de la Biblia se dice que Dios tiene amplias narices. Incluso si es un poco irreverente, cada vez que trato de imaginar la apariencia del Ser Divino, viene a mi mente la forma de una encina.

Había una en la casa de mi niñez. Era tan grande que para abrazarla hacían falta dos personas. Desde que tenía cuatro o cinco años me gustaba ir a contemplarla. Allí me quedaba, sentía la humedad de la hierba bajo mi trasero, el viento fresco entre los pelos y sobre la cara. Respiraba, y sabía que existía un orden superior de las cosas, y que en ese orden yo estaba incluida junto con todo lo que veía. Aunque no conocía la música, algo cantaba en mi interior. No sabría decirte de qué clase de melodía se trataba, no había un estribillo preciso ni un desarrollo. Era, más bien, como si un fuelle resoplara con un ritmo regular y poderoso en la zona próxima a mi corazón, expandiéndose por el interior de todo el cuerpo y por la mente, y emitiendo una gran luz, una luz de doble naturaleza: la suya, de luz, y la musical. Me sentía feliz por existir y, además de esta felicidad, para mí no había otra cosa.

Te podrá parecer extraño o excesivo que un niño pueda intuir cosas de este tipo. Lamentablemente, estamos acostumbrados a considerar la infancia como un período de ceguera, de carencia, no como una etapa en la que hay más riqueza. Sin embargo, sería suficiente mirar con atención los ojos de un recién nacido para darse cuenta de que verdaderamente es así. ¿Lo has hecho alguna vez? Pruébalo cuando te llegue la ocasión. Despeja de prejuicios tu mente y obsérvalo. ¿Cómo es su mirada? ¿Vacía, inconsciente? ¿O acaso antigua, lejanísima, sabia? Los niños llevan en sí naturalmente un aliento más grande, somos los adultos los que lo hemos perdido y no sabemos aceptarlo. A los cuatro o cinco años yo nada sabía de religión, de Dios, de todos los jaleos que los hombres han montado hablando de esas cosas.

¿Sabes? Cuando hubo que decidir si cursabas o no las horas de religión en la escuela, estuve largo tiempo indecisa sobre lo que correspondía hacer. Por un lado, recordaba qué catastrófico había sido mi encuentro con los dogmas; por el otro, estaba absolutamente segura de que en la educación, además de ocuparse de la mente, era necesario ocuparse también del espíritu. La solución llegó por su cuenta, el mismísimo día en que murió tu primer hámster. Lo sostenías en la mano y me mirabas perpleja. «¿Dónde está ahora?», me preguntaste. Te contesté repitiendo tu pregunta: «En tu opinión, ¿dónde está ahora?» ¿Recuerdas lo que me contestaste? «Está en dos sitios: un poco está aquí, otro poco entre las nubes.» Esa misma tarde lo enterramos con un pequeño funeral. Arrodillada ante el diminuto túmulo rezaste tu oración: «Que seas feliz, Tony. Algún día volveremos a vernos.»

Tal vez nunca te lo había dicho, pero mis primeros cinco años de colegio los hice con las monjas, en el Instituto del Sagrado Corazón. Eso, puedes creerme, no fue un daño desdeñable para mi mente ya tan bailarina. A la entrada del colegio, las monjas tenían puesto durante todo el año un gran pesebre. Estaba Jesús en el establo con el padre, la madre, el buey, el asno, y alrededor montañas y barrancos de cartón piedra poblados tan sólo por un rebaño de ovejitas. Cada ovejita era una alumna y, según su conducta durante la jornada, la alejaban o la acercaban al establo de Jesús. Todas las mañanas, antes de ir a clase, pasábamos por delante y al pasar nos veíamos obligadas a considerar nuestra posición. En el lado más alejado del establo había un barranco profundísimo y allí era donde estaban las más malas, con dos patitas ya suspendidas sobre el vacío. Entre los seis y los diez años viví condicionada por los pasos que daba mi corderito. Inútil que te diga que casi nunca se movió del borde del precipicio.

En mi fuero interno, con toda mi voluntad, trataba de respetar los mandamientos que me habían enseñado. Lo hacía por ese natural sentido de conformismo propio de los niños, pero no solamente por eso: realmente estaba convencida de que era necesario ser buena, no mentir, no ser vanidosa. Pese a ello, siempre estaba a punto de caer. ¿Por qué? Por pequeñeces. Cuando llorando me dirigía a la madre superiora para preguntarle el motivo del enésimo desplazamiento, me contestaba: «Porque ayer llevabas en el pelo un lazo demasiado grande... Porque una compañera te oyó canturrear cuando salías del colegio... Porque no te lavaste las manos antes de sentarte a la mesa.» ¿Te das cuenta? Una vez más, mis culpas eran exteriores: idénticas, iguales a las que me imputaba mi madre. No se enseñaba la coherencia, sino el conformismo. Cierto día, al llegar al borde del barranco, estallé en llanto diciendo: «¡Pero yo amo a Jesús!» Entonces, la monja más próxima, ¿sabes qué dijo? «¡Ah! Además de desordenada eres también embustera. Si verdaderamente amases a Jesús mantendrías más ordenadas tus libretas.» Y ¡paf!, empujando con el índice, hizo caer mi ovejita al precipicio.

Creo que después de aquel episodio no dormí durante dos meses enteros. En cuanto cerraba los ojos, sentía que bajo mi espalda la tela del colchón se convertía en llamas y que unas voces horribles gruñían detrás de mí diciendo: «Aguarda, que ahora venimos a buscarte.» Naturalmente, nunca conté nada de todo esto a mis padres. Al verme pálida y nerviosa, mi madre decía: «La niña está agotada», y yo, sin rechistar, tragaba una tras otra las cucharadas de jarabe reconstituyente.

A saber cuántas personas sensibles e inteligentes se han alejado para siempre de los asuntos del espíritu gracias a episodios como ése. Cada vez que escucho que alguien dice que han sido hermosos los años de colegio, y que los añora, me quedo cortada. Para mí, aquel período fue uno de los más feos de mi existencia; más aún, acaso absolutamente el peor, por la sensación de impotencia que lo dominaba. A lo largo de toda la escuela primaria me debatí ferozmente entre la voluntad de conservarme fiel a lo que sentía dentro de mí y el deseo de adherirme, pese a que lo intuía como falso, a lo que los demás creían.

Es extraño, pero al evocar ahora las emociones de aquel período tengo la sensación de que mi gran crisis de crecimiento no se produjo, como siempre ocurre, en la adolescencia, sino justamente en aquellos años de infancia. A los doce, a los trece, a los catorce años, ya estaba en posesión de una triste estabilidad muy mía. Poco a poco las grandes preguntas metafísicas se habían alejado de mí para dejar espacio a fantasías nuevas e inocuas. Los domingos y fiestas de rigor iba a misa con mi madre y me arrodillaba con aire compungido para recibir la hostia, pero mientras lo hacía estaba pensando en otras cosas. Ésa era tan sólo una de las pequeñas representaciones que había de interpretar para vivir tranquila. Por eso no te inscribí en la hora de educación religiosa, ni me arrepentí jamás de no haberlo hecho. Cuando, con tu curiosidad infantil, me planteabas preguntas sobre el tema, trataba de contestarte de una manera directa y serena, respetando el misterio que hay en cada uno de nosotros. Y cuando dejaste de hacerme preguntas, discretamente dejé de hablarte de ello. En estos asuntos no es posible empujar o tironear, de lo contrario ocurre lo mismo que pasa con los vendedores ambulantes: cuanto más proclaman las bondades de su producto, más se tiene la sospecha de que se trata de una estafa. Contigo sólo he tratado de no apagar lo que ya había. Por lo demás, he aguardado.

No creas, sin embargo, que mi camino fue tan simple; aunque a los cuatro años había intuido el aliento que envuelve las cosas, a los siete ya lo había olvidado. Durante los primeros tiempos, es cierto, todavía oía la música: hundida en lo más hondo, pero estaba. Parecía un torrente en la garganta de una montaña: si me quedaba quieta y prestaba atención, desde el borde del despeñadero lograba percibir su rumor. Más tarde el torrente se convirtió en un viejo aparato de radio, un aparato que está a punto de romperse. Por un instante la melodía estallaba con demasiada fuerza; al instante siguiente había desaparecido por completo.

Mi padre y mi madre no perdían ocasión de echarme en cara mi hábito cantarín. Cierta vez,

durante la comida, incluso me tocó una bofetada —mi primera bofetada— porque se me había
escapado un tarareo. «En la mesa no se canta»,
había tronado mi padre. «Y no se ha de cantar si
no se es cantante», había añadido mi madre. Yo
lloraba y repetía entre lágrimas: «Pero a mí me
canta dentro.» Para mis padres era absolutamente incomprensible cualquier cosa que se
apartase del mundo concreto de la materia.
¿Cómo podía entonces conservar mi música? Me
hubiera hecho falta por lo menos el destino de
un santo. Y el mío, en cambio, era el cruel destino de la normalidad.

Poco a poco desapareció la música, y con ella
la sensación de honda alegría que me había
acompañado durante los primeros años. La alegría, ¿sabes?, es justamente lo que más he año-
rado. Posteriormente, seguro que sí, incluso he
sido feliz; pero la felicidad es, respecto a la alegría, como una lámpara eléctrica respecto al sol.
La felicidad siempre tiene un objeto, somos felices por algo, es un sentimiento cuya existencia
depende de lo exterior. La alegría, en cambio, no
tiene objeto. Te posee sin ningún motivo aparente, en su esencia se parece al sol: arde gracias a
la combustión de su propio corazón.

A lo largo de los años me he abandonado a mí
misma, a la parte más profunda de mí, para
convertirme en otra persona, la que mis padres
confiaban que llegase a ser. He dejado mi personalidad para adquirir un carácter. El carácter, ya
tendrás ocasión de comprobarlo, es mucho más
apreciado en el mundo que la personalidad.

Pero carácter y personalidad, contrariamente

a lo que se suele creer, no se acompañan; es más, la mayor parte de las veces se excluyen de manera perentoria el uno al otro. Mi madre, por ejemplo, tenía un carácter fuerte, estaba segura de cada uno de sus actos y no había nada, absolutamente nada, que pudiese quebrar esa seguridad suya. Yo era exactamente todo lo contrario. En la vida cotidiana no había ni una sola cosa que me causara entusiasmo. Ante cada elección titubeaba, vacilaba tanto que, al final, quien estaba a mi lado se impacientaba y decidía por mí.

No creas que fue un proceso natural abandonar la personalidad para fingir un carácter. Algo en el fondo de mí seguía rebelándose: una parte quería seguir siendo yo misma, en tanto que la obra, para ser querida, debía adaptarse a las exigencias del mundo. ¡Qué dura batalla! Detestaba a mi madre, a esa manera suya superficial y vacía de actuar. La detestaba y, sin embargo, lentamente y contra mi voluntad, me estaba volviendo precisamente como ella. Ésta es la extorsión grande y terrible de la educación, a la que es casi imposible sustraerse. Ningún niño puede vivir sin amor. Por eso nos acomodamos al modelo que se nos impone, incluso si no lo encontramos justo. El efecto de este mecanismo no desaparece con la edad adulta. Cuando eres madre vuelve a aflorar sin que tú te des cuenta o lo quieras, vuelve a condicionar tus acciones. De tal suerte yo, cuando nació tu madre, estaba absolutamente segura de que me comportaría de diferente manera. Efectivamente, así lo hice, pero esa diversidad era toda superficial, falsa. A fin de no imponerle a tu madre un modelo, tal como me lo habían impuesto anticipadamente a mí, siempre le dejé la libertad de escoger; quería que se sintiese aprobada en todos sus actos, no hacía más que repetirle: «Somos dos personas diferentes y en la diversidad tenemos que respetarnos.»

Había en todo esto un error, un grave error. ¿Sabes cuál era? Era mi falta de identidad. Aunque ya era adulta, no me sentía segura de nada. No conseguía amarme, sentir estima de mí misma. Gracias a la sensibilidad sutil y oportunista que caracteriza a los niños, tu madre lo percibió casi en seguida: sintió que yo era débil, frágil, fácil de dominar. La imagen que se me ocurre cuando pienso en nuestra relación es la de un árbol y su planta parásita. El árbol es más viejo, más alto, hace tiempo que está allí y tiene raíces más hondas. La planta brota a sus pies en una sola estación, más que raíces tiene barbas, filamentos. Bajo cada filamento posee pequeñas ventosas con las que trepa por el tronco. Después de uno o dos años, ya la tenemos en lo alto de la copa. Mientras su huésped pierde las hojas, ella se mantiene verde. Sigue expandiéndose, enredándose, lo cubre por entero; el sol y el agua le llegan solamente a ella. Al llegar a este punto el árbol se seca y muere; queda allí tan sólo el tronco como mísero soporte de la planta trepadora.

Después de su trágica desaparición, durante años no pensé en ella. A veces me daba cuenta de que la había olvidado y me acusaba de crueldad. Tenía que cuidar de ti, es cierto, pero no creo que ésa fuese la verdadera razón, o tal vez lo era sólo parcialmente. La sensación de derrota era demasiado grande como para poder admitirla. Sólo durante los últimos años, cuando empezaste a alejarte, a buscar tu propio rumbo, el recuerdo de tu madre volvió a mi mente y empezó a obsesionarme. El remordimiento más grande es el de no haber tenido nunca la valentía de plantarle cara, el de no haberle dicho nunca: «Estás equivocada del todo, estás haciendo una tontería.» Sentía que en sus palabras había unos eslóganes peligrosísimos, cosas que, por su bien, yo hubiera tenido que cortar de cuajo inmediatamente; y, sin embargo, me abstenía de intervenir. La indolencia no tenía nada que ver con esto. Los asuntos de que discutíamos eran esenciales. Lo que me hacía actuar —mejor dicho, no actuar— era la actitud que me había enseñado mi madre. Para ser amada tenía que eludir el choque, simular que era lo que no era. Ilaria era prepotente por naturaleza, tenía más carácter y yo temía el enfrentamiento abierto, tenía miedo de oponerme. Si la hubiese amado verdaderamente habría tenido que indignarme, tratarla con dureza; habría tenido que obligarla a hacer determinadas cosas o a no hacerlas en absoluto. Tal vez era justamente eso lo que ella quería, lo que necesitaba.

¡A saber por qué las verdades elementales son las más difíciles de entender! Si en aquella circunstancia yo hubiese comprendido que la primera cualidad del amor es la fuerza, probablemente los sucesos se habrían desarrollado de otra manera. Pero para ser fuertes hay que amarse a uno mismo; para amarse a uno mismo hay que conocerse a fondo, saberlo todo acerca de uno, incluso las cosas más ocultas, las que resulta más difícil aceptar. ¿Cómo se puede llevar a cabo semejante proceso mientras la vida te arrastra hacia delante con su estrépito? Puede hacerlo desde el comienzo solamente quien está provisto de extraordinarias dotes. A los mortales corrientes, a las personas como yo, como tu madre, no les queda otro destino que el de las ramas y los envases de plástico. Alguien —o el viento—, de pronto, te arroja a la corriente de un río: gracias a la materia de que estás hecha, en vez de hundirte, flotas; eso ya te parece una victoria y por lo tanto, inmediatamente, empiezas a viajar, te deslizas veloz según la dirección que te impone la corriente; de vez en cuando, a causa de alguna maraña de raíces o de alguna piedra, te ves obligada a detenerte; allí permaneces un tiempo, golpeada por las aguas agitadas; después el agua sube y te libera, avanzas nuevamente; cuando la corriente es tranquila te mantienes en la superficie, cuando hay rápidos el agua te sumerge; no sabes hacia dónde estás yendo ni te lo has preguntado nunca; en los trechos más tranquilos tienes ocasión de observar el paisaje, las riberas, los matorrales; más que los detalles, ves las formas, los colores, vas demasiado rápido para ver más; después, con el tiempo y los kilómetros, las riberas son cada vez más bajas, el río se ensancha, todavía tienes márgenes, pero por poco tiempo. «¿Adónde estoy yendo?», te preguntas entonces, y en ese momento se abre ante ti el mar.

Gran parte de mi vida ha sido así. Más que nadar, he manoteado desordenadamente. Con gestos inseguros y confusos, sin elegancia ni alegría, tan sólo he conseguido mantenerme a flote.

¿Por qué te escribo todo esto? ¿Qué significan estas confesiones, tan largas y excesivamente íntimas? Tal vez a estas alturas te hayas hartado, tal vez hayas vuelto una página tras otra bufando. Te habrás preguntado: ¿adónde quiere ir a parar, hacia dónde me lleva? Es cierto, a lo largo del discurso divago; en vez de tomar el camino principal, frecuentemente y de buen grado me meto por los senderos humildes. Da la sensación de que me he extraviado y acaso no se trata de una sensación: me he extraviado de veras. Pero éste es el camino que requiere eso que tú tanto buscas, el centro.

¿Te acuerdas de cuando te enseñaba a preparar *crêpes*? Cuando les haces dar la vuelta en el aire, te decía, tienes que pensar en cualquier cosa menos en el hecho de que han de volver a caer en la sartén. Si te concentras en su vuelo, puedes estar segura de que caerán apelotonadas o de que se chafarán directamente sobre los fogones. Es cómico, pero justamente la distracción es lo que nos permite llegar al centro de las cosas, a su corazón.

En este momento, en vez del corazón, es el estómago el que toma la palabra. Rezonga y tiene razón, porque, entre la *crêpe* y el viaje a lo largo del río, ha llegado la hora de cenar. Ahora tengo que dejarte, pero antes de dejarte te envío otro odiado beso.

29 de noviembre

El ventarrón de ayer produjo una víctima. La encontré esta mañana durante mi paseo habitual por el jardín. Casi como si me lo hubiera sugerido mi ángel de la guarda, en vez de hacer como siempre la simple circunnavegación de la casa me dirigí hacia el fondo, donde antaño estaba el gallinero y ahora está el depósito del estiércol. Precisamente mientras bordeaba la tapia que nos separa de la familia de Walter divisé en el suelo algo de color oscuro. Podía ser una piña, pero no lo era porque, con intervalos más bien regulares, se movía. Yo había salido sin las gafas y sólo cuando me encontré a su lado me di cuenta de que se trataba de una joven mirla. Para cogerla casi corrí el riesgo de romperme un fémur. Cuando estaba a punto de cogerla, daba un saltito hacia adelante. De haber sido más joven la habría atrapado en menos de un segundo, pero ahora soy demasiado lenta para hacer eso. Por fin tuve una ocurrencia genial: me quité de la cabeza el pañuelo y se lo arrojé encima. Así, envuelta, la llevé a casa y la acomodé en una vieja caja de zapatos: metí dentro unos trapos viejos y en la tapa hice algunos agujeros, uno de ellos suficientemente grande como para que pueda asomar la cabeza.

Mientras escribo está aquí, ante mí, sobre la mesa. Todavía no le he dado de comer porque está demasiado agitada. Viéndola agitada, además, me agito yo también; su mirada asustada me causa desazón. Si en este momento viniera un hada, si apareciera deslumbrándome con su fulgor entre la nevera y la cocina económica, ¿sabes qué le pediría? Le pediría el Anillo del Rey Salomón, ese mágico intérprete que permite hablar con todos los animales del mundo. Podría entonces decirle a la mirla: «No te preocupes, polluela mía, es cierto que soy un ser humano, pero me animan las mejores intenciones. Me ocuparé de ti, te daré de comer y cuando recuperes la salud te dejaré emprender el vuelo.»

Pero volvamos a lo nuestro. Ayer nos dejamos cuando estábamos en la cocina con mi prosaica parábola de la *crêpe*. Casi seguro que te habrá irritado. Cuando somos jóvenes siempre pensamos que las cosas grandes, para ser descritas, requieren palabras aún más grandes, altisonantes. Poco antes de marcharte me dejaste bajo la almohada una carta en la que tratabas de explicarme tu incomodidad, tu desazón. Ahora que estás lejos puedo decirte que, aparte de la sensación de desazón justamente, no he entendido lo que se dice nada de esa carta. Todo era tan retorcido, tan oscuro... Yo soy una persona simple, pertenezco a una época diferente de la tuya: si algo es blanco, yo digo que es blanco; si es negro, que es negro. La resolución de los problemas proviene de la experiencia cotidiana, del hecho de ver las cosas como verdaderamente son y no como deberían ser según otros. En el momento en que empezamos a arrojar el lastre, a eliminar lo que no nos pertenece, lo que proviene del exterior, es cuando ya estamos bien encaminados. Muchas veces me parece que tus lecturas te confunden en vez de ayudarte, que dejan en torno a ti una nube oscura, como la que las sepias dejan cuando se dan a la fuga.

Antes de tomar la decisión de marcharte me habías planteado una alternativa. «O me voy al extranjero un año, o empiezo a ir a la consulta de un psicoanalista.» Mi reacción fue dura, ¿te acuerdas? «Puedes marcharte incluso tres años —te dije— pero al psicoanalista no irás ni una vez; no te permitiría hacerlo, ni siquiera si lo pagases tú.» Te impresionó mucho esa reacción mía tan extremada. En el fondo, al proponerme lo del psicoanalista creías estar proponiéndome un mal menor. Aunque no protestaste, me imagino que pensarías que era demasiado vieja para entender estas cosas, o que estaba demasiado poco informada. Te equivocas. Yo ya había oído hablar de Freud cuando era niña. Uno de los hermanos de mi padre era médico y, habiendo estudiado en Viena, muy pronto entró en contacto con sus teorías. Las abrazó con entusiasmo, y cada vez que venía a casa a comer trataba de convencer a mis padres de su eficacia. «Nunca me harás creer que si sueño que como *spaghetti* es porque tengo miedo a la muerte —tronaba mi madre—. Si sueño con *spaghetti* quiere decir sólo una cosa, que tengo hambre.» De nada valían los intentos de mi tío, que trataba de explicarle que esa tozudez suya dependía de una inhibición, que su terror ante la muerte era inequívoco, porque los *spaghetti* no eran otra cosa que gusanos, y en gusanos nos convertiríamos todos algún día. ¿Sabes qué hacía entonces mi madre? Tras un instante de silencio, espetaba con su voz de soprano: «Entonces, ¿y si sueño con macarrones?»

Pero mis encuentros con el psicoanálisis no se agotan en esta anécdota infantil. Tu madre se puso en manos de un psicoanalista, o presunto psicoanalista, durante casi diez años; cuando murió, todavía acudía a su consulta; por lo tanto, aunque indirectamente, tuve ocasión de seguir día a día todo el desarrollo de esa relación. Al principio, a decir verdad, no me contaba nada acerca de esas cosas, ya sabes que están cubiertas por el secreto profesional. Pero lo que en seguida me llamó la atención, y en sentido negativo, fue la inmediata y total sensación de dependencia. Transcurrido apenas un mes, ya toda su vida orbitaba alrededor de esa cita, alrededor de lo que ocurría durante esa hora entre aquel señor y ella. Celos, dirás. Tal vez, incluso es posible, pero no era lo principal; lo que me angustiaba, más bien, era el desagrado de verla esclavizada por una nueva dependencia: primero había sido la política, ahora la relación con ese señor. Ilaria lo había conocido durante su último año de estadía en Padua y, efectivamente, iba a Padua todas las semanas. Cuando me comunicó esa nueva actividad suya yo me quedé algo perpleja y le dije: «¿Realmente crees que es necesario ir hasta allá para encontrar un buen médico?»

Por una parte, su decisión de recurrir a un médico para salir de su estado de crisis permanente me daba una sensación de alivio. En el fondo, decía para mis adentros, si Ilaria había decidido pedir ayuda a alguien, se trataba ya de un paso adelante; pero, por otra parte, conociendo su fragilidad, me sentía ansiosa a causa de la elección de la persona en cuyas manos se había puesto. Entrar en la cabeza de otra persona es siempre un asunto extremadamente delicado. «¿Cómo lo has conocido? —le preguntaba entonces—. ¿Alguien te lo ha recomendado?» Pero ella se encogía de hombros como única respuesta. «¿Qué quieres entender?», decía, truncando la frase con un silencio de suficiencia.

Aunque en Trieste vivía en su propia casa, por su cuenta, teníamos la costumbre de vernos a la hora de la comida por lo menos una vez por semana. En tales ocasiones, desde el comienzo de la terapia nuestros diálogos habían sido de una gran superficialidad deliberada. Hablábamos de las cosas que habían ocurrido en la ciudad, del tiempo; si hacía buen tiempo y en la ciudad no había pasado nada, no hablábamos apenas.

Pero ya desde su tercer o cuarto viaje a Padua me percaté de un cambio. En vez de hablar ambas de naderías, era ella la que me interrogaba: quería saberlo todo acerca del pasado, de mí, de su padre, de nuestras relaciones. No había afecto en sus preguntas, ni curiosidad: el tono era el de un interrogatorio; repetía varias veces la pregunta, insistiendo sobre insignificantes detalles, insinuaba dudas sobre episodios que ella misma había vivido y recordaba perfectamente; en esas circunstancias no me parecía estar hablando con mi hija, sino con un comisario que a toda costa quería hacerme confesar un delito. Cierto día, impacientándome, le dije: «Habla claro, dime solamente adónde quieres llegar.» Me miró con una mirada levemente irónica, cogió un tenedor, golpeó con él la copa, y cuando la copa resonó *cling*, dijo: «Tan sólo a un sitio, al final del recorrido. Quiero saber cuándo y por qué tú y tu marido me despuntasteis las alas.»

Aquel almuerzo fue el último en el que le permití someterme a ese fuego graneado de preguntas; a la semana siguiente, por teléfono, le dije que podía venir a casa pero con una condición: que entre nosotras hubiese un diálogo, no un proceso.

¿Tenía motivos para tener miedo? Claro, claro que los tenía, había muchas cosas de las que hubiera tenido que hablar con Ilaria, pero no me parecía justo ni sano desvelar asuntos tan delicados bajo la presión de un interrogatorio; si le hubiera seguido el juego, en vez de inaugurar una relación nueva entre personas adultas, yo habría sido solamente y para siempre culpable y ella para siempre víctima, sin posibilidad de rescate.

Volví a hablar con ella de su terapia pocos meses después. A esas alturas llevaba a cabo con su doctor unos retiros que duraban el fin de semana entero; había adelgazado mucho y en lo que discurría había como un desvarío que nunca le había oído antes. Le conté lo del hermano de su abuelo, lo de sus primeros contactos con el psico-análisis, y después, como si tal cosa, le pregunté: «¿A qué escuela pertenece tu psicoanalista?» «A ninguna —repuso ella—, o, mejor dicho, a una que ha fundado por su cuenta.»

A partir de ese momento, lo que hasta entonces había sido una simple ansiedad se convirtió en una preocupación auténtica y profunda. Conseguí enterarme del nombre del médico y tras una breve investigación también que no era médico ni mucho menos. Las esperanzas que al principio había alimentado acerca de los efectos de la terapia se derrumbaron de golpe. Naturalmente, no era la falta de titulación en sí misma lo que me hacía abrigar sospechas, sino que a esa falta de titulación se sumaba la comprobación de que las condiciones de Ilaria eran cada vez peores. Si el tratamiento hubiera sido válido, pensaba, tras una fase inicial de malestar hubiera tenido que producirse una de mayor bienestar; lentamente, entre dudas y recaídas, hubiera tenido que abrirse paso la toma de conciencia. En cambio, poco a poco Ilaria había dejado de interesarse por todo lo que la rodeaba. Hacía años que había terminado sus estudios y no se dedicaba a nada; se había alejado de los pocos amigos que tenía, su única actividad era escrutar su actividad interior con la obsesividad de un entomólogo. El mundo entero orbitaba alrededor de lo que había soñado durante la noche, o alrededor de una frase que su padre o yo le habíamos dicho veinte años atrás. Ante este deterioro de su vida me sentía impotente por completo.

Tan sólo tres veranos después se abrió un resquicio de esperanza durante algunas semanas. Poco después de Pascua le había propuesto que viajásemos juntas; con gran sorpresa mía, en vez de rechazar *a priori* la idea, Ilaria, levantando la mirada del plato, había dicho: «¿Y adónde podríamos ir?» «No sé —repuse—, adonde quieras, adonde se te ocurra.»

Esa misma tarde aguardamos con impaciencia a que abrieran las agencias de viajes. Durante semanas las recorrimos minuciosamente en busca de algo que nos agradase. Optamos al fin por Grecia —Creta y Santorini— para finales de mayo. Las cuestiones prácticas que habíamos de resolver antes de emprender el viaje nos unieron en una complicidad que nunca antes habíamos vivido. Ella estaba obsesionada con las maletas, con el terror de olvidar algo de fundamental importancia; a fin de tranquilizarla, le compré una pequeña libreta: «Apunta todo lo que te hace falta —le dije— y una vez metida cada cosa en la maleta, traza una señal al lado.»

Por las noches, en el momento de ir a acostarme, lamentaba no haber pensado antes que un viaje era una manera excelente de intentar volver a hilvanar la relación. El viernes antes del viaje, Ilaria me llamó por teléfono; su voz sonaba metálica. Creo que hablaba desde alguna cabina de la calle. «Tengo que ir a Padua —me dijo—, a lo sumo regresaré el martes por la noche.» «¿Es realmente necesario?», pregunté; pero ya había colgado el auricular.

Hasta el jueves siguiente no tuve noticias de ella. A las dos sonó el teléfono. Su tono oscilaba entre la dureza y el pesar. «Lo siento —dijo—, pero no voy a viajar a Grecia.» Esperaba mi reacción, yo también la esperaba. Tras unos segundos, contesté: «Yo también lo siento mucho. De todas maneras, viajaré igualmente.» Percibió mi decepción y trató de justificarse. «Si viajo estaré huyendo de mí misma», susurró.

Como bien puedes imaginarte, fueron unas vacaciones tristísimas: me esforzaba por seguir a los guías, por interesarme en el paisaje, en la arqueología; en realidad no hacía otra cosa que pensar en tu madre, en la dirección que estaba tomando su vida.

Ilaria, me decía, es como un campesino que, tras haber sembrado la huerta y haber visto brotar las primeras plantitas, se ve asaltado por el temor de que algo pueda dañarlas. Entonces, para protegerlas de la intemperie, compra una buena pieza de plástico que resista el agua y el viento y la coloca sobre el cultivo; para mantener alejados los pulgones y las larvas, rocía las plantas con abundantes dosis de insecticida. El suyo es un trabajo sin descanso, no hay momento del día o de la noche en que no piense en su huerta y en la manera de defenderla. Después, una mañana, al levantar el plástico, tiene la fea sorpresa de encontrar que todas las plantas están podridas, muertas. Si las hubiera dejado crecer libremente, algunas habrían muerto lo mismo, pero otras habrían sobrevivido. El viento y los insectos habrían llevado otras plantas que hubieran crecido junto a las plantadas por él; algunas serían hierbajos y las arrancaría, pero otras tal vez se hubieran convertido en flores que con sus colores habrían alegrado la monotonía de la huerta. ¿Entiendes? Así son las cosas, en la vida hace falta tener generosidad: cultivar el pequeño carácter propio sin ver nada más de lo que hay alrededor significa seguir respirando pero estar ya muerto.

Imponiendo una excesiva rigidez a la mente, Ilaria había suprimido en su interior la voz del corazón. De tanto discutir con ella, yo incluso tenía miedo de pronunciar esa palabra. En cierta ocasión, cuando era una adolescente, le dije: «el corazón es el centro del espíritu». A la mañana siguiente encontré sobre la mesa de la cocina el diccionario abierto en la palabra *espíritu*; con lápiz rojo había subrayado la acepción: «líquido incoloro apto para conservar frutas».*

Actualmente el corazón hace pensar en seguida en algo ingenuo, adocenado. En mi juventud todavía se podía nombrar con desenvoltura; ahora en cambio es un vocablo que ya nadie utiliza. Las pocas veces que se lo nombra es tan sólo para aludir a su mal funcionamiento: no es el corazón por entero, sino solamente una isquemia coronaria, una leve patología auricular. Pero nadie alude a él, al hecho de que es el centro del alma humana. A menudo me he preguntado cuál podía ser la razón de este ostracismo. «Quien confía en su corazón es un mentecato», decía a menudo Augusto citando la Biblia. ¿Por qué habría de ser un mentecato? ¿Tal vez porque el corazón se parece a una cámara de combustión?

* En italiano es mucho más corriente que en español la acepción de «espíritu» como equivalente a «alcohol». *(N. del t.)*

¿Porque allí dentro hay tinieblas, tinieblas y fuego? Tan moderna es la mente, como antiguo el corazón. Se piensa entonces que quien hace caso al corazón se aproxima al mundo animal, a la falta de control, mientras que quien hace caso a la razón se acerca a las reflexiones más elevadas. ¿Y si no fuesen así las cosas, si fuese verdad exactamente lo contrario? ¿Y si ese exceso de razón fuese lo que deja desnutrida a la vida?

Durante el viaje de regreso de Grecia había tomado la costumbre de pasar parte de la mañana cerca del puente de mando. Me gustaba atisbar adentro, mirar el radar y todos esos ingenios complicados que indicaban hacia dónde estábamos yendo. Allí, cierto día, observando las diferentes antenas que vibraban en el aire, pensé que el hombre se parece cada vez más a una radio que solamente es capaz de sintonizar una franja de frecuencia. Ocurre en parte como con las radios portátiles que encuentras como obsequio en los detergentes: aunque en el dial están indicadas todas las frecuencias, en realidad al mover el sintonizador sólo logras captar una o dos a lo sumo; todas las demás siguen siendo zumbidos en el aire. Me parece que el uso excesivo de la mente produce más o menos el mismo efecto: de toda la realidad que nos rodea sólo logramos captar una parte restringida. Y en esa parte frecuentemente impera la confusión porque está toda repleta de palabras, y las palabras, la mayor parte de las veces, en lugar de conducirnos a un sitio más amplio nos hacen dar vueltas como un tiovivo.

La comprensión exige silencio. Cuando era joven no lo sabía, lo sé ahora que merodeo por la casa muda y solitaria como un pez en su esférica pecera de cristal. Es como limpiar el suelo sucio con una escoba o con una fregona mojada: si usas la escoba, gran parte del polvo se eleva en el aire y vuelve a caer sobre los objetos de la habitación; si usas la fregona mojada, en cambio, el suelo queda reluciente y limpio. El silencio es como la fregona húmeda, aleja para siempre la opacidad del polvo. La mente es prisionera de las palabras, si hay un ritmo que le pertenece es el ritmo desordenado de los pensamientos; el corazón, en cambio, respira, es el único que late entre todos los órganos, y es ese latir lo que le permite entrar en sintonía con otros latidos más vastos. A veces, más por distracción que por otro motivo, me ocurre que dejo conectada la televisión la tarde entera; aunque no la mire, su rumor me sigue por las habitaciones, y por la noche, al irme a la cama estoy mucho más nerviosa que de costumbre y me cuesta conciliar el sueño. El ruido constante, el estrépito, es una especie de droga: cuando estás habituado no puedes prescindir de él.

No quiero adelantarme demasiado, por lo menos no ahora. En las páginas que he escrito hoy parece, en parte, como si hubiese preparado una tarta mezclando recetas diferentes —un poco de almendra y después el requesón, pasas de Corinto y ron, melindros y mazapán, chocolate y fresas—; en otras palabras, una de esas cosas terribles que en cierta ocasión me hiciste probar diciendo que se llamaba *nouvelle cuisine*. ¿Un pastel? Es posible. Me imagino que si un filósofo leyera estas páginas no podría contenerse y marcaría todo con un lápiz rojo como las viejas maestras. «Incongruente —apuntaría—, fuera del asunto, dialécticamente insostenible.»

¡Imagínate luego si cayese en manos de algún psicólogo! Podría escribir un ensayo entero sobre la relación fracasada con mi hija, sobre todo aquello que inhibí. Y aunque hubiera inhibido algo, ¿qué importancia tiene, a estas alturas? Tenía una hija y la he perdido. Murió estrellándose con su coche: ese mismo día yo le había revelado que ese padre que, según ella, tanto daño le había causado, no era su verdadero padre. Tengo presente aquel día como la película de un filme, sólo que en vez de moverse en el proyector está clavada en la pared. Sé de memoria la secuencia de las escenas, y conozco cada escena detalladamente. Nada se me escapa, todo late en mis pensamientos cuando estoy despierta y cuando duermo. Seguirá latiendo incluso después de mi muerte.

La pequeña mirla se ha despertado. Con intervalos regulares asoma la cabeza por el agujero y emite un *pío* decidido. «Tengo hambre —parece decir—, ¿a qué esperas para darme de comer?» Me puse de pie, abrí la nevera y miré si había algo que sirviera para ella. Como no había nada, llamé por teléfono al señor Walter para preguntarle si tenía lombrices. Mientras marcaba el número, le dije: «Feliz de ti, pequeñaja, que has nacido de un huevo y tras el primer vuelo has olvidado el aspecto de tus progenitores.»

30 de noviembre

Esta mañana, poco antes de las nueve, llegó a casa Walter con su esposa y con un saquito de gusanillos. Eran larvas de la harina: las había conseguido gracias a un primo suyo que es aficionado a la pesca. Con su ayuda saqué delicadamente la pequeña mirla de su caja; bajo las suaves plumas del pecho el corazón latía como enloquecido. Con una pequeña pinza de metal cogí gusanillos del platito y se los ofrecí. Por más que se los moviera de manera apetitosa delante del pico, no quería saber nada. «Ábraselo con un mondadientes —me incitaba entonces el señor Walter—, o a viva fuerza con los dedos»; pero yo, naturalmente, no me atrevía a hacerlo. De pronto recordé, por la experiencia de haber criado juntas tantos pajarillos, que hay que estimularles el pico por un costado, y así lo hice. Efectivamente, como si detrás hubiera tenido un resorte, inmediatamente la pequeña mirla abrió el pico. Después de tres larvas ya estaba satisfecha. La señora Razman preparó un café —yo ya no puedo hacerlo desde que tengo la mano defectuosa— y nos quedamos un rato charlando de todo un poco. Sin la amabilidad y disponibilidad de ellos mi vida sería mucho más difícil. Dentro de algunos días irán a un vivero para comprar bulbos y semillas de cara a la primavera próxima. Me invitaron a ir con ellos. No les dije ni que sí, ni que no; hemos quedado de acuerdo en hablar por teléfono mañana a las nueve.

Aquel día era el 8 de mayo. Yo había pasado la mañana ocupándome del jardín: habían florecido las milenramas y el cerezo estaba cubierto de brotes. A la hora de la comida, sin previo aviso, apareció tu madre. En silencio se me acercó por la espalda. «¡Sorpresa!», gritó repentinamente, y yo del susto dejé caer el rastrillo. La expresión de su rostro contrastaba con el entusiasmo falsamente alegre de su exclamación. Estaba amarillenta y tenía la boca contraída. Al hablar se pasaba constantemente la mano por el pelo, se apartaba los cabellos del rostro, se metía en la boca un mechón.

En esos últimos tiempos aquél era su estado natural: al verla así no me preocupé, por lo menos no más que otras veces. Le pregunté dónde estabas. Me dijo que te había dejado jugando en casa de una amiga. Mientras íbamos hacia la casa se sacó de un bolsillo un ramito de nomeolvides todo espachurrado. «Es el día de la madre», dijo, y se quedó inmóvil mirándome con las flores en la mano, sin decidirse a dar un paso. Entonces el paso lo di yo, me le acerqué y la abracé cariñosamente dándole las gracias. Al sentir contra el mío el contacto de su cuerpo me sentí perturbada. Había en ella una terrible rigidez; cuando la abracé se había endurecido aún más. Yo tenía la sensación de que su cuerpo estaba completamente hueco por dentro, emanaba aire frío como las grutas. Recuerdo muy bien que en aquel momento pensé en ti. ¿Qué será de la niña —me pregunté— con una madre en estas condiciones? A medida que transcurría el tiempo, la situación empeoraba en vez de mejorar, yo estaba preocupada por ti, por tu crecimiento. Tu madre era muy celosa y te traía a mi casa lo menos posible. Quería preservarte de mis influjos negativos: si a ella la había arruinado, no lograría arruinarte a ti.

Era la hora del almuerzo y, después del abrazo, me metí en la cocina para preparar algo. La temperatura era benigna. Pusimos la mesa al aire libre, bajo las glicinas. Extendí el mantel a cuadros verdes y blancos y, en medio de la mesa, en un pequeño florero, el ramito de nomeolvides. ¿Lo ves? Lo recuerdo todo con una precisión increíble para tratarse de mi memoria bailarina. ¿Acaso intuía que sería la última vez que la vería con vida? ¿O bien, después de la tragedia, traté de dilatar artificialmente el tiempo que pasamos juntas? ¡Quién sabe! ¿Quién podría decirlo?

Como no tenía nada preparado, hice una salsa de tomates. Mientras se terminaba de hacer, le pregunté a Ilaria qué pasta prefería, si *penne* o *fusilli*. Desde fuera contestó: «Me da lo mismo», y entonces puse a hervir los *fusilli*. Cuando nos sentamos le pregunté cosas sobre ti, preguntas a las que contestó con evasivas. Sobre nuestras cabezas había un constante ajetreo de insectos.

Entraban y salían de las flores, su zumbido casi tapaba nuestras voces. De pronto algo oscuro cayó en el plato de tu madre. «¡Es una avispa! ¡Mátala, mátala!», chilló, saltando de la silla y derribándolo todo. Entonces me incliné para ver qué era, me di cuenta de que era un abejorro y se lo dije: «No es una avispa, es un abejorro, es inofensivo.» Tras haberlo apartado de la mesa volví a servirle la pasta en su plato. Con expresión todavía agitada volvió a sentarse en su sitio, cogió el tenedor, jugueteó un poco con él pasándolo de una mano a la otra, después apoyó los codos sobre la mesa y dijo: «Necesito dinero.» Sobre el mantel, donde habían caído los *fusilli*, había una gran mancha de color rojo.

El asunto del dinero se venía arrastrando desde hacía muchos meses. Ya antes de la Navidad pasada, Ilaria me había confesado que había firmado unos papeles en favor de su psicoanalista. Al pedirle yo más explicaciones, como siempre se había escabullido. «Garantías —había dicho—, una simple formalidad.» Ésta era su actitud terrorista: cuando no quería decir algo, lo decía a medias. De esa manera descargaba sobre mí su ansiedad y, tras haberlo hecho, se negaba a darme la información necesaria para que pudiera ayudarla. En todo ello había un sadismo sutil y, además de sadismo, una frenética necesidad de estar siempre en el centro de alguna preocupación. Pero la mayor parte de las veces, esas expresiones extemporáneas no eran otra cosa que meros caprichos.

Decía, por ejemplo: «Tengo cáncer de ovarios», y yo, tras una breve y afanosa averiguación, descubría que simplemente había ido a someterse a un examen de control, el mismo que todas las mujeres hacen. ¿Comprendes? Era más o menos como la historia de «¡el lobo, el lobo!». En los últimos años había anunciado tantas tragedias, que al final yo había dejado de creerla, o la creía un poco menos. Por lo tanto, cuando me dijo que había firmado unos papeles no le presté demasiada atención, ni insistí para que me diera más información. Más que nada, estaba cansada de ese juego agotador. E incluso aunque hubiera insistido, aunque me hubiera enterado del asunto antes, de todas maneras habría sido inútil porque esos papeles ya los había firmado tiempo atrás, sin advertirme de nada.

La quiebra propiamente dicha se produjo a finales de febrero. Sólo entonces me enteré de que, con aquellos papeles, Ilaria había garantizado los negocios de su médico por una suma de trescientos millones de liras. En esos dos meses la sociedad para la cual había firmado la garantía se había declarado en quiebra, había un «agujero» de casi dos mil millones y los bancos habían empezado a exigir la devolución del dinero prestado. Fue entonces cuando tu madre acudió a casa a llorar, a preguntarme qué podía hacer. Efectivamente, la garantía se basaba en la casa donde vivía contigo, y los bancos pretendían cobrar lo suyo con ella. Puedes imaginarte mi enfado. Con más de treinta años, tu madre no sólo era incapaz de mantenerse a sí misma, sino que incluso había puesto en juego el único bien que poseía, el apartamento que yo había puesto a su nombre en el momento de nacer tú. Yo estaba furiosa pero no se lo dejé notar. A fin de no perturbarla más, simulé serenidad y le dije: «Veamos qué es lo que se puede hacer.»

En vista de que ella se había hundido en una completa apatía, yo busqué un buen abogado. Hice de detective improvisado, reuní todas las informaciones que pudieran sernos útiles para ganar el pleito con los bancos. De esa forma me enteré de que desde hacía varios años él le suministraba unos psicofármacos fuertes. Durante las sesiones, si ella estaba algo abatida le ofrecía whisky. No dejaba de repetirle que ella era su discípula predilecta, la mejor dotada, que pronto podría instalarse por cuenta propia y abrir un despacho donde podría a su vez curar pacientes. Sólo de repetir estas frases me dan escalofríos. ¿Te das cuenta? Ilaria, con su fragilidad, con su confusión, con su absoluta falta de un centro, de un día para otro podría dedicarse a curar personas. Si no se hubiese producido aquella quiebra, casi con toda seguridad así habría sido: sin decirme nada, se habría puesto a ejercer el mismo arte que su gurú.

Naturalmente, nunca se había atrevido a hablarme de ese proyecto suyo de una manera explícita. Cuando le preguntaba por qué no utilizaba de alguna manera su título de letras, con una sonrisita astuta contestaba: «Ya verás como sí que lo utilizo...»

Hay cosas que es muy doloroso pensarlas. Decirlas, además, provoca una pena aún más grande. Durante esos meses imposibles entendí una cosa acerca de ella, una cosa que hasta aquel momento no me había siquiera rozado y que no sé si hago bien en decírtela; de todas maneras, ya que he decidido no ocultarte nada, desembucho. Pues mira, de repente, entendí lo siguiente: que tu madre no era inteligente en lo más mínimo. Me costó mucho trabajo entenderlo, aceptarlo, en parte porque con los hijos siempre nos engañamos, y en parte porque con su falso saber, con toda su dialéctica, había conseguido enturbiar las aguas muy bien. Si hubiera tenido la valentía de darme cuenta a tiempo, la habría protegido más, la habría amado de una manera más firme. Protegiéndola, tal vez hubiera logrado salvarla.

Eso era lo más importante, y me di cuenta cuando ya no se podía hacer nada. Vista la situación en su conjunto, a esas alturas lo único que se podía hacer era declararla incapacitada, intentar una demanda por abuso de sugestión y dominio. El día que le comuniqué que habíamos decidido —junto con el abogado— emprender ese camino, tu madre estalló en una crisis de histeria. «Lo haces a propósito —gritaba—, todo es un plan para arrebatarme la niña.» Pero estoy segura de que para sus adentros solamente pensaba una cosa, que si la consideraban incapacitada, su carrera quedaría arruinada para siempre. Caminaba con los ojos vendados por el borde de un abismo y todavía creía estar en medio de un prado preparándose para una merienda. Tras aquella crisis me ordenó despachar al abogado y dejar de lado el asunto. Por iniciativa de ella consulté a otro y hasta aquel día de las nomeolvides no me dijo nada.

¿Comprendes mi estado de ánimo cuando, apoyando los codos sobre la mesa, me pidió dinero? Claro, ya sé: estoy hablando de tu madre y ahora, tal vez, en mis palabras sólo adviertes una vacía crueldad, piensas que me odiaba con toda razón. Pero recuerda lo que te dije al principio: tu madre era mi hija, yo he perdido mucho más de lo que has perdido tú. En tanto que tú eres inocente de su pérdida, yo no lo soy, no lo soy en absoluto. Si de vez en cuando te parece que hablo tomando distancia, intenta imaginar cómo ha de ser de grande mi dolor, hasta qué punto este dolor carece de palabras. De tal suerte, la distancia es sólo aparente, es el vacío artificial gracias al cual puedo seguir hablando.

Cuando me pidió que pagase sus deudas, por primera vez en mi vida le dije que no, rotundamente no. «No soy un banco suizo —le dije—, no tengo esa cifra. Y aunque la tuviera no te la daría, eres suficientemente mayor como para hacerte cargo de tus actos. Tenía sólo una casa y la puse a tu nombre: si la has perdido, el asunto ya no me concierne.» Al llegar a estas palabras se puso a lloriquear. Empezaba una frase, la interrumpía a la mitad para empezar otra; ni en el contenido, ni en la sucesión, lograba yo percibir sentido alguno, ninguna lógica. Después de unos quince minutos de lamentaciones llegó al punto central de sus obsesiones: el padre y sus presuntas culpas, primera entre todas la escasa atención hacia ella. «Es necesario resarcirme, ¿lo entiendes o no?», me gritaba con un brillo terrible en la mirada. Entonces, no sé cómo, estallé. El secreto que me había jurado a mí misma llevarme a la tumba subió hasta mis labios. Apenas salió ya estaba arrepentida, quería volver a tragármelo, hubiera hecho cualquier cosa por no haber dicho esas palabras, pero era demasiado tarde. Ese «tu padre no era tu verdadero padre» ya había llegado a sus oídos. Su rostro se volvió aún más pétreo. Lentamente se puso en pie, mirándome fijamente. «¿Qué has dicho?» Su voz apenas si se escuchaba. Yo, extrañamente, estaba de nuevo calmada. «Has oído bien —contesté—. He dicho que mi marido no era tu padre.»

¿Que cómo reaccionó Ilaria? Sencillamente yéndose. Se volvió, con un andar que parecía más el de un robot que el de un ser humano y se encaminó hacia la cancela del jardín. «¡Aguarda, hablemos!», grité con una voz odiosamente estridente.

¿Por qué no me puse de pie, por qué no corrí tras ella, por qué no hice nada, en el fondo, para detenerla? Porque yo también me había quedado petrificada ante mis propias palabras. Trata de comprenderme, aquello que tantos años había custodiado, y con tanta firmeza, de repente había salido fuera. En menos de un segundo, como un pajarillo que de pronto encuentra la puerta de la jaula abierta, había volado y había llegado a oídos de la única persona que yo no quería que oyese tal cosa.

Esa misma tarde, a las seis, mientras todavía aturdida estaba regando las hortensias, una patrulla de guardias de tráfico vino a comunicarme el accidente.

Ahora es de noche, ya tarde, he tenido que hacer una pausa. Di de comer a *Buck* y a la mirla, comí yo también, he mirado un rato la televisión. Mi coraza hecha jirones no me permite soportar largo tiempo las emociones fuertes. Para poder proseguir necesito distraerme, recobrar el aliento.

Como sabes, tu madre no murió inmediatamente, pasó diez días suspendida entre la vida y la muerte. Durante esos días estuve siempre a su lado; confiaba en que abriese los ojos, por lo menos un instante, que se me diera una última posibilidad de pedirle perdón. Estábamos solas en una salita repleta de aparatos, una pequeña pantalla decía que su corazón todavía seguía latiendo, otra que su cerebro estaba casi inactivo. El médico encargado de su cuidado me había dicho que, a veces, los pacientes que se encontraban en ese estado hallaban algún alivio oyendo algún sonido que habían amado. Entonces conseguí su canción preferida de cuando era niña. Mediante un pequeño magnetofón portátil se la hacía escuchar durante horas. De hecho, algo debió llegarle, porque, ya desde los primeros compases, la expresión de su rostro había cambiado, la cara se le había relajado y los labios habían empezado a realizar el movimiento que hacen los lactantes después de haber comido. Parecía una sonrisa de satisfacción. Quién sabe, tal vez en la pequeña parte aún activa de su cerebro estaba guardada la memoria de una época serena y allí era donde se había refugiado en ese momento. Aquel pequeño cambio me llenó de júbilo. En esos casos uno se aferra a cualquier nimiedad; no me cansaba de acariciarle la cabeza, de repetirle: «Tesoro, tienes que lograrlo, tenemos toda una vida por delante para vivirla juntas, volveremos a empezar nuevamente, de otra manera.» Mientras le hablaba, se me presentaba una imagen delante: tenía cuatro o cinco años, yo la veía merodear por el jardín llevando en brazos su muñeca preferida, le hablaba constantemente. Yo estaba en la cocina, no oía su voz. De vez en cuando, desde algún lugar del prado llegaba a mí su risa, una risa fuerte, alegre. «Si alguna vez ha sido feliz —decía entonces para mis adentros—, podrá volver a serlo. Para que renazca hay que arrancar desde allí, desde aquella niña.»

Naturalmente, lo primero que los médicos me habían comunicado después del percance era que, en caso de sobrevivir, sus funciones no volverían a ser las de antes, podía quedar paralizada o sólo parcialmente consciente. Y, ¿sabes una cosa? En mi egoísmo materno lo único que me preocupaba era que siguiese viviendo. De qué manera, no tenía la menor importancia. Es más: llevarla en coche, lavarla, meterle la comida en la boca, ocuparme de ella como única finalidad de mi vida, habría sido la mejor manera de expiar enteramente mi culpa. Si mi amor hubiera sido auténtico, si hubiera sido verdaderamente grande, habría rezado por su muerte. Pero por fin Alguien la amó más que yo: al caer la tarde del noveno día, de su rostro desapareció aquella hermosa sonrisa y murió. Me di cuenta en seguida, estaba allí junto a ella; sin embargo, no se lo dije a la enfermera de guardia porque quería quedarme un poco más con ella. Le acaricié el rostro, le estreché las manos entre las mías como cuando era niña, repitiéndole constantemente: «Tesoro, tesoro.» Después, sin soltar su mano, me arrodillé junto a la cama y empecé a rezar. Rezando empecé a llorar.

Cuando la enfermera me tocó un hombro, todavía estaba llorando. «Vamos, venga conmigo —me dijo—, le voy a dar un sedante.» No quise el sedante, no quise tomar nada que atenuase mi dolor. Allí me quedé hasta que se la llevaron a la cámara mortuoria. Después cogí un taxi y fui a la casa de la amiga que te hospedaba para recogerte. Esa misma noche estabas ya en mi casa. «¿Dónde está mamá?», preguntaste durante la cena. «Mamá se ha ido de viaje —te contesté entonces—, ha emprendido un largo viaje hasta el cielo.» Con tu cabezota rubia seguiste comiendo en silencio. Apenas terminaste, con voz seria me preguntaste: «Abuela, ¿podemos saludarla?» «Claro que sí, mi amor», te contesté, y, cogiéndote en brazos, te llevé al jardín. Nos quedamos largo tiempo en el prado mientras tú con tu manita saludabas a las estrellas.

1 de diciembre

Estos días me embarga un gran malhumor. No lo ha desencadenado ninguna cosa en particular: el cuerpo es así, tiene sus equilibrios internos y una minucia es suficiente para alterarlos. Ayer por la mañana, cuando la señora Razman vino a traerme la compra y vio mi cara sombría, dijo que en su opinión la culpa la tiene la luna. Efectivamente, la noche anterior habíamos tenido luna llena. Y si la luna puede levantar los mares y lograr que crezca más deprisa la achicoria del huerto, ¿por qué no habría de tener también el poder de influir sobre nuestros humores? Agua, gases, minerales, ¿de qué otra cosa estamos hechos? De todas maneras, antes de marcharse me obsequió con un conspicuo paquete de periódicos y por lo tanto he pasado una jornada completa idiotizándome entre sus páginas. ¡Siempre tropiezo con la misma piedra! Apenas los veo me digo, está bien, los hojearé un poco, no más de media hora y después me dedicaré a algo más serio y más importante. Pero nunca consigo despegarme hasta haber leído la última palabra. Me entristezco por la vida desdichada de la princesa de Mónaco, me indigno por los amores proletarios de su hermana, palpito ante cualquier noticia rompecorazones que me cuenten con abundancia de detalles. ¡Y no digamos las cartas! No dejo de asombrarme ante las cosas que la gente se atreve a escribir. No soy una vieja beata, por lo menos no creo serlo, pero no te niego que ciertas libertades me dejan más bien perpleja.

Hoy la temperatura ha vuelto a bajar. Renuncié a mi paseo por el jardín, tenía miedo de que el aire me resultara demasiado riguroso, junto con el frío que llevo en mi interior habría podido quebrarme como una vieja rama helada. Quién sabe si todavía me estarás leyendo, o si, conociéndome mejor, te ha asaltado tal repulsión que no has podido proseguir la lectura. La urgencia que me posee en este momento no me permite postergaciones, no puedo detenerme justamente ahora, escabullirme. Aunque he conservado durante tantos años aquel secreto, ahora ya no me es posible hacerlo. Ya te dije al principio que ante tu desconcierto por el hecho de no tener un centro yo experimentaba un desconcierto similar, tal vez incluso mayor. Sé que tu alusión al centro —o, mejor dicho, a su carencia— está estrechamente relacionada con el hecho de que jamás has sabido quién era tu pàdre. Tan tristemente natural me había resultado decirte adónde había ido tu madre, como, ante tus preguntas acerca de tu padre, nunca me sentí en condiciones de darte respuesta. ¿Cómo hubiera podido hacerlo? No tenía la menor idea de quién era. Un verano Ilaria se había tomado unas largas vacaciones en Turquía, sola, y había vuelto de esas vacaciones en estado interesante. Tenía ya más de treinta años y, si todavía no tienen hijos, a esa edad a las mujeres las asalta un extraño frenesí, quieren tener uno a toda costa, de qué manera y con quién no tiene la menor importancia.

En aquel entonces, además, casi todas eran feministas; junto con unas amigas tu madre había fundado un círculo. Había muchas cosas justas en lo que decían, cosas que yo compartía, pero entre esas cosas justas también había muchos argumentos forzados, ideas insanas y desviadas. Una de éstas era que las mujeres eran completamente dueñas de la administración de su propio cuerpo, y que, por lo tanto, tener o no tener un hijo dependía solamente de ellas. El hombre no era sino una necesidad biológica, y había que utilizarlo como simple necesidad. Tu madre no fue la única que se comportó de esa manera, otras dos o tres amigas suyas tuvieron hijos de la misma forma. ¿Sabes? No es cosa del todo incomprensible. La capacidad de poder dar vida otorga una sensación de omnipotencia. La muerte, la tiniebla y la precariedad se alejan, introduces en el mundo otra parte de ti misma; ante este milagro todo el resto desaparece.

Como argumento para sostener su tesis, tu madre y sus amigas aludían al mundo animal: «Las hembras —decían—, se encuentran con los machos sólo en el momento de acoplarse, después cada uno prosigue su camino y los cachorros se quedan con la madre.» Que esto sea o no verdad es cosa que no estoy en condiciones de comprobar. Pero sé que nosotros somos seres humanos, cada uno de nosotros nace con una cara diferente a todas las demás y esa cara la llevamos a cuestas durante la existencia entera. Un antílope, nace con morro de antílope, un león con morro de león, todos ellos son iguales, idénticos a los demás animales de su especie. En la naturaleza el aspecto es siempre el mismo, en tanto que el hombre y nadie más tiene un rostro. Un rostro, ¿entiendes? En el rostro está todo. Está tu historia, están tu padre, tu madre, tus abuelos y bisabuelos, tal vez incluso algún tío lejano del que ya nadie se acuerda. Detrás del rostro está la personalidad, las cosas buenas y las no tan buenas que has recibido de tus antepasados. El rostro es nuestra primera identidad, aquello que nos permite situarnos en la vida diciendo: «Pues bien, aquí estoy.» De tal suerte, cuando hacia los trece o catorce años empezaste a pasar horas enteras ante el espejo, comprendí que era justamente eso lo que estabas buscando. Ciertamente mirabas los granitos y espinillas, o la nariz repentinamente demasiado grande, pero también algo más. Sustrayendo y eliminando los rasgos de tu familia materna, tratabas de formarte una idea acerca del rostro del hombre que te había engendrado. El asunto sobre el cual tu madre y sus amigas no habían reflexionado lo suficiente era precisamente ése: que algún día el hijo, mirándose en el espejo, comprendería que dentro de él había algún otro y que querría saberlo todo acerca de ese otro. Hay personas que persiguen durante toda su existencia el rostro de su madre o de su padre.

Ilaria estaba convencida de que en el desarrollo de una vida el peso de la genética era casi nulo. Para ella lo importante era la educación, el ambiente, la manera de crecer. Yo no compartía esa idea suya, para mí los dos factores marchaban a la par: mitad el ambiente, mitad lo que tenemos dentro de nosotros desde el nacimiento.

Hasta que empezaste a ir al colegio no tuve ningún problema, nunca me preguntabas nada acerca de tu padre y yo me guardaba mucho de hablarte de ello. Con el ingreso en la escuela, gracias a las compañeras y a los maléficos temas que os daban las maestras, de pronto te diste cuenta de que en tu vida cotidiana faltaba algo. Naturalmente, en tu clase había muchos hijos de padres separados y situaciones irregulares, pero nadie tenía en lo que atañe al padre ese vacío que tú tienes. ¿Cómo podía explicarte, a los seis o siete años de edad, lo que tu madre había hecho? Además, en el fondo, tampoco yo sabía nada, salvo que habías sido concebida allá, en Turquía. Por lo tanto, para inventar una historia medio creíble, exploté el único dato seguro, el país de origen.

Había comprado un libro de cuentos orientales y te leía uno cada noche. Basándome en esos cuentos había inventado uno expresamente para ti, ¿te acuerdas todavía? Tu madre era una princesa y tu padre un príncipe de la Media Luna. Como todos los príncipes y princesas, se amaban hasta el extremo de estar dispuestos a morir el uno por el otro. Pero en la corte muchos envidiaban ese amor. El más envidioso de todos era el Gran Visir, hombre poderoso y malvado. Precisamente él fue quien lanzó un terrible sortilegio sobre la princesa y sobre la criatura que ésta llevaba en su vientre. Afortunadamente el príncipe había sido alertado por un fiel sirviente y así tu madre una noche, vestida con ropas de campesina, dejó el castillo y se refugió aquí, en la ciudad en que tú viste la luz.

«¿Soy la hija de un príncipe?», me preguntabas entonces con los ojos radiantes. «Claro —te contestaba—, pero se trata de un secreto secretísimo, un secreto que no tienes que decir a nadie.» ¿Qué esperaba conseguir con esa extraña mentira? Nada, tan sólo regalarte algún año más de tranquilidad. Sabía que algún día dejarías de creer en mi estúpido cuento. Sabía que ese día, con toda probabilidad, empezarías a detestarme. Sin embargo, me resultaba totalmente imposible no relatártelo. Incluso reuniendo toda mi poca valentía, jamás conseguiría decirte: «Ignoro quién es tu padre, acaso lo ignoraba incluso tu madre.»

Eran los años de la liberación sexual, la actividad erótica estaba considerada como una función normal del cuerpo: se había de llevar a cabo cada vez que una tuviera ganas, un día con uno, otro día con otro. Vi aparecer junto a tu madre docenas de jóvenes, no recuerdo ni uno solo que durara más de un mes. Ya inestable de por sí, Ilaria fue arrollada por esa precariedad amorosa. Aunque nunca le impedí nada, ni jamás la critiqué de ninguna manera, me sentía más bien perturbada por esa repentina libertad de sus costumbres. No era tanto la promiscuidad lo que me chocaba, como el gran empobrecimiento de los sentimientos. Caídas las prohibiciones y la unicidad de la persona, había caído también la pasión. Ilaria y sus amigas me parecían las invitadas de un banquete afligidas por un fuerte resfriado: por educación comían todo lo que les ofrecían, pero sin percibir su sabor. Zanahorias, asados y pastelitos tenían para ellas el mismo sabor.

En la elección de tu madre seguramente tenía que ver la nueva libertad de las costumbres, pero tal vez había también la huella de alguna otra cosa. ¿Cuántas cosas sabemos sobre cómo funciona la mente? Muchas, pero no todas. ¿Quién puede entonces decir si ella, en algún oscuro rincón de su inconsciente, no había intuido que el hombre que estaba con ella no era su padre? Muchas inquietudes, muchas inestabilidades, ¿no provendrían acaso de eso? Mientras fue pequeña, mientras fue una muchacha, una adolescente, nunca me planteé esa pregunta, la ficción dentro de la que yo la había hecho crecer era perfecta. Pero cuando regresó de aquel viaje con una panza de tres meses, entonces todo volvió a mi mente. No se puede huir de las falsedades, de las mentiras. O, mejor dicho, se puede huir durante algún tiempo, pero después, cuando menos te lo esperas, vuelven a aflorar, ya no son dóciles como en el momento en que las dijiste, aparentemente inofensivas, no; durante el período de alejamiento se han convertido en monstruos horribles, en ogros que todo lo devoran. Las descubres y, un segundo después, te atropellan, te devoran y, contigo, todo lo que te rodea, con una avidez tremenda. Un día, cuando tenías diez años, volviste de la escuela llorando. «¡Embustera!», me dijiste, e inmediatamente te encerraste en tu habitación. Habías descubierto la mentira de aquel cuento.

Embustera podría ser el título de mi autobiografía. Desde que nací sólo he dicho una mentira.

Con ella he destruido tres vidas.

4 de diciembre

La mirla sigue estando delante de mí, sobre la mesa. Tiene algo menos de apetito que días pasados. En vez de llamarme sin descanso, se queda quieta en su sitio, ya no asoma la cabeza por el agujero de la tapa, veo apenas asomar las plumas de la cúspide de su cabeza. Esta mañana, a pesar del frío, he ido al vivero con los Razman. Estuve indecisa hasta el último momento, la temperatura era como para desalentar hasta a un oso, y, además, en un recoveco oscuro de mi corazón había una voz que me decía: «¿Qué te importa plantar más flores?» Pero, mientras marcaba el número de los Razman para anular el compromiso, desde la ventana vi los colores apagados del jardín y me arrepentí de mi egoísmo. Tal vez no vuelva a ver otra primavera, pero tú seguramente las verás.

¡Qué desazón, estos días! Cuando no estoy escribiendo doy vueltas por las habitaciones sin lograr apaciguarme en ningún sitio. No hay ni una actividad, entre las pocas que puedo llevar a cabo, que me permita acercarme a un estado de quietud, que por un instante aparte mis pensamientos de los recuerdos tristes. Tengo la sensación de que el funcionamiento de la memoria se parece un poco al del congelador. ¿Tienes presente lo que ocurre cuando de él sacas algún alimento conservado largo tiempo? Al principio está rígido como una baldosa, carece de olor, de sabor, está recubierto por una pátina blanca; pero cuando lo pones al fuego, poco a poco recobra su forma y su color, llena la cocina con su aroma. De la misma manera, los recuerdos tristes dormitan largo tiempo en una de las innumerables cavernas de la memoria; se mantienen allí durante años, decenios, la vida entera. Después, un buen día vuelven a la superficie, el dolor que los había acompañado vuelve a estar presente, tan intenso y punzante como lo era aquel día de hace tantos años.

Te estaba hablando de mí, de mi secreto. Pero para contar una historia es necesario empezar por el principio, y el principio está en mi juventud, en el aislamiento un poco anómalo dentro del cual había crecido y seguía viviendo. En mis tiempos, para una mujer la inteligencia era una cualidad sumamente negativa de cara al matrimonio; para las costumbres de aquella época una esposa no debía ser más que una productora estática y adorante. Una mujer que hiciese preguntas, una mujer curiosa, inquieta, era lo último que se podía desear. Por eso la soledad de mi juventud fue verdaderamente grande. A decir verdad, alrededor de los dieciocho o veinte años, dado que era agraciada y de bastante buena posición económica, tenía a mi alrededor enjambres de pretendientes. Pero apenas demostraba saber hablar, apenas les abría mi corazón con los pensamientos que se agitaban en su interior, a mi alrededor se hacía el vacío. Naturalmente, también hubiera podido quedarme callada o simular ser lo que no era, pero, por desgracia —o por suerte—, a pesar de la educación recibida, una parte de mí estaba todavía viva y esa parte rehusaba mostrarse con falsedad.

Concluido el instituto, como ya sabes, no proseguí los estudios porque se opuso mi padre. Se trató de una renuncia muy difícil para mí. Precisamente por eso estaba sedienta de saber. Apenas un joven decía que estaba estudiando medicina yo lo acribillaba a preguntas, quería saberlo todo. Lo mismo hacía con los futuros ingenieros, con los futuros abogados. Esa conducta mía desorientaba mucho, parecía que la actividad me interesaba más que la persona, y tal vez así fuese efectivamente. Cuando hablaba con mis amigas, con mis compañeras de colegio, tenía la sensación de que pertenecíamos a mundos que estaban a años luz. La gran línea divisoria entre ellas y yo era la malicia femenina. En la misma medida en que yo carecía completamente de ella, mis amigas la habían desarrollado hasta su máxima potencia. Detrás de su aparente arrogancia, detrás de su aparente seguridad, los hombres son extremadamente frágiles, ingenuos: llevan en su interior resortes muy primitivos, basta apretar uno de éstos para que caigan en la sartén como pescaditos fritos. Yo lo comprendí bastante tardíamente, pero mis amigas lo sabían ya entonces, a los quince o dieciséis años.

Con natural talento aceptaban misivas o las

rechazaban, escribían las propias con una u otra entonación, concertaban citas y no acudían, o acudían muy tarde. Mientras bailaban, frotaban la parte adecuada del cuerpo y, al hacerlo, miraban al hombre a los ojos con la expresión intensa de las jóvenes cervatillas. Ésa es la malicia femenina, ésos son los halagos que llevan a tener éxito con los hombres. Pero yo, date cuenta, era como una patata, no entendía absolutamente nada de lo que ocurría a mi alrededor. Aunque pueda parecerte extraño, había en mí un profundo sentimiento de lealtad y esa lealtad me decía que jamás, jamás, podría enredar a un hombre. Pensaba que algún día encontraría a un joven con quien pudiera hablar hasta bien entrada la noche sin cansarme; hablando y hablando nos daríamos cuenta de que veíamos las cosas de la misma manera, de que experimentábamos las mismas emociones. Entonces nacería el amor, se trataría de un amor fundado en la amistad, en la estima, no en la facilidad del enredo.

Yo quería una amistad amorosa, y en eso era muy viril, viril en el sentido antiguo. Era la relación en condiciones de igualdad, creo, lo que infundía terror a mis pretendientes. Así, lentamente, había terminado por verme relegada al papel que habitualmente corresponde a las feas. Tenía muchos amigos, pero se trataba de amistades en una sola dirección: acudían a mí solamente para confesarme sus penas de amor. Mis amigas se iban casando una tras otra. Durante cierto período de mi vida, creo que no hice otra cosa que asistir a bodas. Mis coetáneas empezaban a tener niños y yo era siempre la tía soltera, vivía con mis padres, en casa, y estaba casi resignada a seguir siendo señorita eternamente. «A saber qué tienes en la cabeza —decía mi madre—, ¿será posible que no te guste Fulano, ni tampoco Mengano?» Para ellos era evidente que mis dificultades con el otro sexo eran consecuencia de mi carácter singular. ¿Que si lamentaba eso? No lo sé.

A decir verdad, no sentía en mi interior el deseo ardiente de formar una familia. La idea de traer un hijo al mundo me provocaba cierta desconfianza. Había sufrido demasiado de niña y tenía miedo de hacer sufrir de la misma manera a una criatura inocente. Además, aunque vivía aún en casa de mis padres, era totalmente independiente, dueña y señora de cada hora de mis jornadas. A fin de ganar algún dinero daba clases de recuperación de griego y latín, mis materias predilectas. Aparte de eso, no tenía otros compromisos: podía pasar tardes enteras en la biblioteca municipal sin tener que rendir cuentas a nadie, podía hacer excursiones a la montaña cada vez que me diera la gana.

En otras palabras, mi vida, comparada con la de otras mujeres, era libre, y yo tenía mucho miedo de perder esa libertad. Y, sin embargo, toda esa libertad, toda esa aparente felicidad, a medida que pasaba el tiempo la sentía cada vez más falsa, más forzada. La soledad, que al principio me había parecido un privilegio, empezaba a pesarme. Mis padres se estaban volviendo viejos, mi padre había sufrido un ataque de apoplejía y caminaba mal. Yo lo acompañaba diariamente, cogiéndolo del brazo, a comprar el periódico. Por aquel entonces tenía veintisiete o veintiocho años. Viendo mi imagen reflejada junto a la de él en los escaparates, de pronto me sentí también yo vieja y comprendí cuál era el rumbo que estaba tomando mi vida: de ahí a poco él se iba a morir, mi madre lo seguiría, yo me quedaría sola en una gran casa llena de libros; para pasar el tiempo tal vez me pondría a bordar o acaso a pintar acuarelas y los años irían volando uno tras otro. Hasta que alguien, una mañana, preocupado al no verme desde hacía días, llamaría a los bomberos: los bomberos desfondarían la puerta y encontrarían mi cuerpo tendido en el suelo. Estaba muerta, y lo que de mí quedaba no era muy distinto del casco seco que dejan en el suelo los insectos cuando mueren.

Sentía marchitarse mi cuerpo de mujer sin haber vivido y eso me inundaba de una gran tristeza. Además me sentía sola, muy sola. Desde que existía no había tenido nunca a nadie con quien hablar, quiero decir con quien hablar de verdad. Ciertamente era muy inteligente, leía mucho, como decía mi padre con cierto orgullo, a fin de cuentas: «Olga nunca se casará porque tiene demasiada cabeza.» Pero toda esa supuesta inteligencia no conducía a ninguna parte, qué sé yo: no era capaz de emprender un gran viaje, ni de estudiar algo en profundidad. Me sentía las alas despuntadas por el hecho de no haber ido a la universidad. En realidad, la causa de mi ineptitud, de mi incapacidad de lograr que mis dotes dieran fruto, no provenía de eso. En el fondo, Schliemann había descubierto Troya siendo un autodidacta, ¿no? Mi freno era otro: un pequeño muerto en mi interior, ¿te acuerdas? Era él quien me frenaba, era él quien me impedía avanzar. Yo me quedaba quieta y aguardaba. ¿A qué? No tenía la menor idea.

El día que Augusto vino por primera vez a nuestra casa había nevado. Lo recuerdo porque en esta comarca rara vez nieva y porque, precisamente a causa de la nieve, ese día nuestro invitado a comer llegó con retraso. Como mi padre, Augusto se dedicaba a la importación de café. Había venido a Trieste para interesarse por la compra de nuestra empresa. Después de su ataque de apoplejía mi padre, que no tenía herederos varones, había decidido deshacerse de la empresa para pasar en paz sus últimos años. A primera vista, Augusto me pareció muy antipático. Venía de Italia, como decíamos nosotros, y al igual que todos los italianos tenía una afectación que yo encontraba irritante. Es extraño, pero a menudo ocurre que determinadas personas, importantes en nuestra existencia, al principio no nos gustan nada. Tras la comida mi padre se retiró a descansar y a mí me dejaron en la sala acompañando a nuestro huésped en espera de que para él llegase la hora de coger el tren. Estaba de lo más fastidiada. Durante esa hora, o poco más, que pasamos juntos, lo traté sin muchos miramientos. A cada pregunta suya contestaba con un monosílabo, y si él se quedaba callado, yo también. Cuando, ya ante la puerta, me dijo: «Mis respetos, señorita», le tendí la mano con la misma distancia con que una aristócrata se la concede a un hombre de rango inferior.

«Para ser italiano, el señor Augusto es simpático», había dicho mi madre esa noche mientras cenábamos. «Es una persona honrada —había contestado mi padre—. Y también hábil en los negocios.» En ese momento, adivina lo que ocurrió. Mi lengua actuó por su cuenta: «¡Y no lleva anillo de boda!», exclamé con repentina vivacidad. Cuando mi padre repuso: «Efectivamente, el pobre es viudo», yo ya estaba roja como un tomate y profundamente avergonzada.

Dos días después, al volver de dar una clase, encontré en la entrada de casa un paquete envuelto en papel de plata. Era el primer paquete que recibía en mi vida. No conseguía imaginar quién podía habérmelo enviado. Bajo el paquete había una nota. *¿Conoce estos dulces?* Debajo, la firma de Augusto.

Por la noche, con esos dulces sobre la mesita de noche, no lograba conciliar el sueño. «Los habrá enviado por cortesía hacia mi padre», decía para mis adentros, y, mientras tanto, me comía una tras otra las piezas de mazapán. Volvió a Trieste tres semanas después, «por negocios», según dijo durante el almuerzo, pero en vez de marcharse en seguida como la vez anterior, se quedó en la ciudad algún tiempo más. Antes de despedirse le pidió permiso a mi padre para llevarme a dar un paseo por la ciudad en su coche, y mi padre, sin siquiera consultarme, se lo concedió. Toda la tarde estuvimos dando vueltas por las calles de la ciudad; él hablaba poco, me pedía información sobre los monumentos y después se quedaba callado, escuchándome. Me escuchaba, eso era para mí un auténtico milagro.

La mañana del día en que se marchó me hizo enviar un ramo de rosas rojas. Mi madre estaba de lo más excitada, yo simulaba no estarlo, pero para abrir el sobre y leer la nota aguardé muchas horas. En breve sus visitas se volvieron semanales. Todos los sábados venía a Trieste y volvía a partir hacia su ciudad el domingo. ¿Recuerdas lo que hacía el Principito para domesticar al zorro? Iba todos los días a plantarse ante su madriguera y aguardaba a que saliera. De esa manera, poco a poco, el zorro aprendió a conocerlo y a no tenerle miedo. No sólo eso, sino que aprendió también a emocionarse ante la vista de todo aquello que le recordase a su pequeño amigo. Seducida mediante la misma táctica, yo también, esperándolo, empezaba a agitarme desde el jueves. El proceso de domesticación había empezado. Después de un mes, toda mi vida orbitaba alrededor de la espera del fin de semana. En poco tiempo, una gran confianza se había establecido entre nosotros. Con él, por fin, podía hablar: él apreciaba mi inteligencia y mi anhelo de saber; yo apreciaba su mesura, su disponibilidad para escuchar, esa sensación de seguridad y protección que los hombres maduros pueden brindar a una mujer joven.

Nos casamos en una sobria ceremonia el día 1 de junio de 1940. Diez días después, Italia entró en guerra. Por razones de seguridad, mi madre se refugió en una aldea de montaña, en el Véneto, en tanto que yo me instalé en L'Aquila con mi marido.

A ti, que la historia de aquellos años solamen-

te la has leído, que en vez de vivirla la has estudiado, te parecerá extraño que yo nunca haya
aludido a todos los trágicos sucesos de aquel período. Teníamos el fascismo, las leyes raciales,
había estallado la guerra y yo seguía ocupándome tan sólo de mis pequeñas desdichas persona-
les, de los desplazamientos milimétricos de mi
ánimo. Pero no creas que mi actitud era excep-
cional, todo lo contrario. Salvo una pequeña mi-
noría politizada, todos se comportaban de la
misma manera en nuestra ciudad. Mi madre,
por ejemplo, consideraba que el fascismo era
una payasada. Cuando estábamos en casa defi-
nía al *duce* como «ese vendedor de sandías».
Pero después iba a cenar con los jerarcas y se
quedaba charlando con ellos hasta tarde. De la
misma manera yo encontraba absolutamente ridículo y fastidioso participar en el «sábado italiano», marchar y cantar vistiendo los colores de
una viuda. Sin embargo, igualmente acudía, pensaba que se trataba de una molestia a la que había que someterse para vivir tranquilos. Ciertamente, una conducta de esa clase no es grandio-
sa, pero es muy corriente. Vivir tranquilos es
una de las máximas aspiraciones de los hombres: lo era en aquel entonces y probablemente
sigue siéndolo.

En L'Aquila nos alojamos en la casa de la familia de Augusto, un gran apartamento en la primera planta de un palacete nobiliario del centro.
Los muebles eran oscuros, pesados: había poca
luz y el aspecto era siniestro. En cuanto entré,
sentí que se me oprimía el corazón. ¿Aquí es
donde tendré que vivir, me pregunté, con un

hombre al que conozco desde hace apenas seis meses, en una ciudad en la que no tengo ni siquiera un amigo? Mi marido comprendió en seguida el estado de desconcierto en que me hallaba y durante las primeras dos semanas hizo todo lo que pudo por distraerme. Día sí, día no cogía el coche e íbamos de excursión por las montañas de los alrededores. Ambos éramos muy aficionados a las excursiones. Viendo aquellas montañas tan hermosas, esos pueblos encastillados en las cimas como si fuesen pesebres, me había tranquilizado un poco, en cierto sentido me parecía no haber abandonado el Norte, mi casa. Seguíamos hablando mucho. Augusto amaba la naturaleza, sobre todo los insectos, y mientras paseábamos me explicaba un montón de cosas. Gran parte de lo que sé sobre las ciencias naturales se lo debo precisamente a él.

Al terminar esas dos semanas, que fueron nuestra luna de miel, él reemprendió su trabajo y yo empecé mi propia vida, sola en la gran casa. Me acompañaba una vieja criada, que se encargaba de las principales faenas domésticas. Como todas las esposas burguesas, yo sólo tenía que programar el almuerzo y la cena: por lo demás, no tenía nada que hacer. Adopté la costumbre de salir todos los días, sola, a dar largos paseos. Recorría de cabo a rabo las calles a paso vivo, tenía en la cabeza muchos pensamientos y no lograba poner claridad entre ellos. ¿Lo quiero, me preguntaba deteniéndome repentinamente, o todo ha sido un gran deslumbramiento? Cuando estábamos sentados a la mesa, o por las noches en la sala, lo miraba y al mirarlo me preguntaba: ¿qué es lo que siento? Sentía ternura, eso era seguro, y con toda certeza él sentía lo mismo hacia mí. Pero, ¿era eso el amor? ¿Simplemente eso? No habiendo sentido nunca otra cosa, no lograba encontrar una respuesta.

Después de un mes llegaron a oídos de mi marido las primeras murmuraciones. «La alemana —habían dicho voces anónimas— anda sola por las calles a todas horas.» Yo estaba estupefacta. Habiendo crecido entre costumbres diferentes, nunca hubiera podido imaginarme que unos inocentes paseos pudiesen causar escándalo. Augusto estaba disgustado, comprendía que para mí el asunto era incomprensible, pero, sin embargo, en favor de la paz ciudadana y por su propio buen nombre, igualmente me rogó que interrumpiera mis salidas solitarias. Después de seis meses de esa clase de existencia me sentí completamente apagada. El pequeño muerto interior se había convertido en un muerto enorme; yo actuaba como una autómata, tenía la mirada opaca. Cuando hablaba, sentía distantes mis palabras, como si salieran de la boca de otra persona. Entretanto, había conocido a las esposas de los colegas de Augusto y me veía con ellas en un café del centro.

A pesar de que éramos más o menos coetáneas, en realidad teníamos muy poco que decirnos. Hablábamos el mismo idioma, pero ése era el único punto en común.

Al regresar a su ambiente, en breve Augusto empezó a comportarse como un hombre de su tierra. Durante las comidas nos manteníamos casi callados, cuando yo me esforzaba por contarle algo me contestaba sí o no, con monosílabos. Por las noches frecuentemente se iba al círculo; cuando se quedaba en casa se encerraba en su despacho para ordenar su colección de coleópteros. Su gran sueño era descubrir algún insecto que nadie conociese todavía, y así su nombre perduraría para siempre en los libros de ciencias. Yo hubiera querido perpetuar el nombre de otra manera, vale decir, con un hijo: ya tenía treinta años y sentía que el tiempo se deslizaba cada vez más rápidamente a mis espaldas. Desde ese punto de vista, las cosas funcionaban muy mal: después de una primera noche más bien decepcionante, no había ocurrido gran cosa más. Tenía la sensación de que, por encima de todo, lo que quería Augusto era encontrar en casa a alguien a la hora de comer, alguien a quien exhibir con orgullo en la catedral los domingos; parecía no interesarle gran cosa la persona que había detrás de esa imagen reconfortante. ¿Adónde había ido a parar el hombre agradable y disponible del tiempo del galanteo? ¿Era posible que el amor tuviese que terminar de esa manera? Augusto me había contado que en primavera los pájaros cantan con más fuerza para complacer a las hembras, para inducirlas a construir el nido con ellos. Había obrado también él de la misma manera: una vez seguro de tenerme en el nido, había dejado de interesarse por mi existencia. Yo estaba allí, le brindaba calor y basta.

¿Lo odiaba? No; te parecerá extraño, pero no lograba odiarlo. Para odiar a alguien es necesario que te hiera, que te haga daño. Augusto no me hacía nada, ésa era la cuestión. Es más fácil morirse de nada que de dolor: una puede rebelarse ante el dolor; ante la nada, no.

Naturalmente, cuando hablaba con mis padres les decía que todo iba bien, me esforzaba por mostrar una voz de joven esposa feliz. Estaban seguros de haberme dejado en buenas manos y yo no quería que esa seguridad de ellos se resquebrajase. Mi madre seguía ocultándose en las montañas, mi padre se había quedado solo en la torre familiar con una prima lejana que lo atendía. «¿Novedades?», me preguntaba una vez al mes; y yo contestaba que no, que todavía no. Le importaba mucho tener un nietecito, con la senilidad lo había invadido una ternura que antes nunca había tenido. Lo sentía un poco más cerca de mí a causa de ese cambio y lamentaba decepcionar sus expectativas. Al mismo tiempo, sin embargo, no tenía suficiente confianza como para contarle los motivos de mi prolongada esterilidad. Mi madre me enviaba largas cartas que chorreaban retórica. Escribía en la hoja «mi adorada hija», y debajo enumeraba minuciosamente todas las pocas cosas que le habían ocurrido ese día. Por último siempre me comunicaba que había terminado de tejer la última prenda para el nieto que tenía que llegar. Mientras tanto yo me consumía, al mirarme todas las mañanas en el espejo me veía cada vez más fea. De vez en cuando le decía a Augusto por las noches: «¿Por qué no conversamos?» «¿De qué?», contestaba él sin levantar la mirada de la lupa con la que estaba observando algún insecto. «No sé —respondía yo—, tal vez nos podamos contar algo.» Entonces él meneaba la cabeza:

«Olga —decía—, tú realmente tienes la fantasía enferma.»

De todos es sabido que los perros, después de una larga convivencia con el amo, terminan poco a poco por parecérsele. Yo tenía la sensación de que a mi marido le estaba ocurriendo lo mismo: cuanto más transcurría el tiempo, más se parecía en todo y de todas las maneras a un coleóptero. Sus movimientos ya no tenían nada de humano, no eran fluidos, sino geométricos, cada gesto se desarrollaba con movimientos mecánicos. E igualmente su voz carecía de timbre, ascendía desde algún lugar no precisado de la garganta con un ruido metálico. Se interesaba de manera obsesiva por los insectos y por su trabajo, pero, aparte de esas dos cosas, no había nada que le causara el más mínimo arrebato. En cierta ocasión, sosteniéndolo con unas pinzas, me había mostrado un insecto horrible, creo que se llamaba grillo topo. «Mira qué mandíbulas —me había dicho—, con ellas verdaderamente puede comer de todo.» Esa misma noche soñé con él bajo esa forma, era enorme y devoraba mi vestido de novia como si fuese de cartón.

Después de un año empezamos a dormir en cuartos separados: él se quedaba despierto con sus coleópteros hasta tarde y no quería molestarme, o, por lo menos, eso es lo que dijo. Contándote así lo que era mi matrimonio, te parecerá algo extraordinariamente horrible, pero realmente no tenía nada de extraordinario. En aquel entonces casi todos los matrimonios eran así, pequeños infiernos domésticos en los que tarde o temprano uno de los dos tenía que sucumbir.

¿Por qué no me rebelaba? ¿Por qué no cogía mi maleta para regresar a Trieste?

Porque entonces no había ni separación ni divorcio. Para romper un matrimonio tenía que haber malos tratos graves, o había que tener un temperamento rebelde, huir, largarse a vagabundear por el mundo para siempre. Pero, como sabes, la rebeldía no forma parte de mi carácter, y Augusto no sólo jamás había levantado contra mí ni un dedo, sino ni siquiera la voz. Jamás me hizo falta nada. Los domingos, al regresar de la misa, nos metíamos en la pastelería de los hermanos Nurzia y me compraba todo lo que me diera la gana. No te será difícil imaginar con qué clase de sentimientos me despertaba todas las mañanas. Después de tres años de matrimonio tenía en la mente un solo pensamiento, y era el pensamiento de la muerte.

Augusto nunca me habló de su anterior esposa: las pocas veces que yo, discretamente, le pregunté algo, cambió de tema. Con el tiempo, caminando durante las tardes de invierno por esas habitaciones espectrales, me convencí de que Ada —así se llamaba su primera esposa— no había muerto por enfermedad o accidente, sino que se había suicidado. Cuando la criada no estaba en casa, yo pasaba el tiempo desatornillando tablones, desmontando los cajones: buscaba furiosamente un rastro, un indicio que confirmase mis sospechas. Un día de lluvia, en el falso fondo de un armario, encontré unos vestidos de mujer, eran los de ella. Saqué uno, oscuro, y me lo puse: teníamos la misma talla. Contemplándome en el espejo empecé a llorar. Lloraba quedamente, sin sollozos, como quien sabe que su destino ya está marcado. En un rincón de la casa había un reclinatorio de madera maciza que había pertenecido a la madre de Augusto, una mujer muy devota. Cuando no sabía qué hacer, me encerraba en aquel cuarto y allí me quedaba durante horas, con las palmas unidas. ¿Rezaba? No lo sé. Hablaba, o trataba de hablar, con Alguien que suponía se hallaba por encima de mi cabeza. Decía: «Señor, haz que encuentre mi camino, si es éste mi rumbo ayúdame a soportarlo.» La asistencia habitual a la iglesia, a la que me había visto obligada por mi condición de esposa, me había llevado a volver a plantearme muchas preguntas, unas preguntas que llevaba sepultadas en mi interior desde la infancia. El incienso me aturdía, igual que la música del órgano. Escuchando la lectura de las Sagradas Escrituras algo vibraba débilmente en mi interior. Pero cuando encontraba por la calle al párroco sin los paramentos sacros, cuando miraba su nariz a manera de esponja y sus ojos algo porcinos, cuando escuchaba sus preguntas banales e irremediablemente falsas, ya nada vibraba en mí y me decía: «Pues ya está, no es más que un embuste, una manera de conseguir que las mentes débiles soporten la opresión bajo la cual les toca vivir.» Pese a todo, en el silencio de la casa, me gustaba leer el Evangelio. Encontraba que muchas palabras de Jesús eran extraordinarias, me cargaba de fervor hasta el extremo de repetirlas en voz alta muchas veces.

Mi familia no era nada religiosa: mi padre se consideraba un librepensador y mi madre, conversa desde hacía ya dos generaciones, como te he contado, acudía a misa simplemente por puro conformismo social. Las pocas veces que le había preguntado algo acerca de los asuntos de la fe me había dicho: «No sé, nuestra familia no tiene religión.» Sin religión. Esa frase tuvo el peso de un peñasco en la fase más delicada de mi infancia, cuando me hacía preguntas sobre las cosas más grandes. En esas palabras había una especie de marca de infamia: habíamos abandonado una religión para abrazar otra hacia la cual no sentíamos el menor respeto. Éramos unos traidores, y en cuanto traidores, para nosotros no había sitio ni en el cielo ni en la tierra, en ningún lugar.

De tal suerte, aparte de las pocas anécdotas que me habían enseñado las monjas, no había conocido nada más sobre el saber religioso. Hasta los treinta años. El reino de Dios está dentro de nosotros, repetía para mis adentros al tiempo que caminaba por la casa vacía. Lo repetía e intentaba imaginar dónde se encontraba. Veía a mi ojo meterse en mi interior como un periscopio, escrutar los vericuetos del cuerpo, los repliegues mucho más misteriosos de la mente. ¿Dónde estaba el reino de Dios? No conseguía verlo, alrededor de mi corazón había bruma, una bruma pesada y no las colinas verdes y luminosas que imaginaba eran el paraíso. En los momentos de lucidez me decía: «Estoy volviéndome loca, como todas las solteronas y las viudas, lentamente, imperceptiblemente, he caído en el delirio místico.» Después de cuatro años de

123

esa clase de vida, cada vez me costaba más distinguir las cosas falsas de las verdaderas. Las campanadas de la catedral cercana sonaban cada cuarto de hora; para no oírlas o por oírlas menos me metía algodón en los oídos.

Me había entrado la obsesión de que los insectos de Augusto no estaban muertos ni mucho menos. Por las noches sentía el crujir de sus patas mientras merodeaban por la casa, caminaban por todas partes, trepaban por las paredes empapeladas, reptaban sobre las baldosas de la cocina, se arrastraban por las alfombras de la sala. Estaba allí, en la cama, y contenía el aliento esperando que entrasen en mi cuarto a través de la rendija inferior de la puerta. A Augusto trataba de ocultarle ese estado mío. Por la mañana, con una sonrisa en los labios, le comunicaba qué pensaba preparar para el almuerzo; seguía sonriendo hasta que él salía de casa. Con la misma sonrisa estereotipada lo recibía a su regreso.

Igual que mi matrimonio, la guerra también había llegado a su quinto año. Durante el mes de febrero habían caído bombas sobre Trieste. Bajo el último ataque, la casa de mi infancia había quedado completamente destruida. La única víctima había sido el caballo que mi padre utilizaba para su calesa, lo habían encontrado en medio del jardín con dos patas arrancadas.

En aquel entonces no había televisión, las noticias viajaban mucho más lentamente. De la pérdida de nuestra casa me enteré al día siguiente, mi padre me telefoneó. Ya por cómo él había dicho «dígame», yo me di cuenta de que algo grave había ocurrido; tenía la voz de una persona que ha dejado de vivir tiempo atrás. Sin tener ya un sitio mío al que regresar me sentí verdaderamente perdida. Durante dos o tres días di vueltas por la casa como en estado de trance. No había nada que lograse sacarme de ese aturdimiento: en una secuencia única, monótona y monocromática, veía desplegarse uno detrás de otro mis años hasta la muerte.

¿Sabes cuál es un error en el que siempre incurrimos? El de creer que la vida es inmutable, que una vez metidos en unos raíles hemos de recorrerlos hasta el final. En cambio, el destino tiene mucha más fantasía que nosotros. Justamente cuando crees encontrarte en una situación que no tiene escapatoria, cuando llegas al ápice de la desesperación, con la velocidad de una ráfaga de viento cambia todo, queda patas arriba, y de un momento a otro te encuentras viviendo una nueva vida.

Dos meses después del bombardeo de la casa terminó la guerra. Yo viajé inmediatamente a Trieste, mi padre y mi madre ya se habían trasladado a un apartamento provisional con otras personas. Había tal cantidad de asuntos prácticos de que ocuparse que después de una semana ya casi me había olvidado de los años que había pasado en L'Aquila. También Augusto llegó un mes después. Tenía que volver a coger las riendas de la empresa que le había comprado a mi padre, durante aquellos años de guerra había delegado su administración y no había trabajado casi nada con ella. Además, mi padre y mi madre ya no tenían vivienda y habían envejecido mucho de veras. Con una rapidez que me sor-

125

prendió, Augusto decidió abandonar su ciudad para trasladarse a Trieste, compró esta torre en la meseta y antes del otoño vinimos a vivir aquí todos juntos.

Contrariamente a mis previsiones, mi madre fue la primera en dejarnos, murió poco después de comenzar el verano. Su temple empecinado había quedado minado por aquel período de soledad y de miedo. Con su desaparición volvió a manifestarse vivamente en mí, con prepotencia, el deseo de tener un hijo. Nuevamente dormía con Augusto y pese a ello, por las noches, entre nosotros no ocurría nada o casi nada. Yo pasaba mucho tiempo en el jardín, sentada en compañía de mi padre. Precisamente fue él quien me dijo, durante una tarde soleada: «Para el hígado y para las mujeres, las aguas pueden resultar milagrosas.»

Dos semanas después, Augusto me acompañó a coger el tren hacia Venecia. Allí, a última hora de la mañana, cogería otro tren hacia Bolonia, y, tras otra combinación, al atardecer tenía que llegar a Porretta Terme. A decir verdad, yo no creía gran cosa en los efectos de las aguas termales; si había decidido partir era sobre todo por un gran deseo de soledad, sentía la necesidad de estar en compañía de mí misma de una manera diferente de la que había vivido durante los años anteriores. Había sufrido. Casi todo estaba muerto dentro de mí, yo era como una pradera después de un incendio, todo se veía negro, carbonizado. Sólo con la lluvia, el sol, el aire, lo poco que había quedado debajo podría poco a poco encontrar la energía para volver a crecer.

10 de diciembre

Desde que te fuiste ya no leo el periódico, no estás tú para comprarlo y no hay nadie que me lo traiga. Al principio me incomodaba un poco esta carencia, pero después, lentamente, la incomodidad se ha convertido en alivio. Recordé entonces al padre Isaac Singer. «Entre todas las costumbres del hombre moderno —decía—, la lectura de la prensa diaria es una de las peores. Por la mañana, en el momento en que el alma está más abierta, la prensa vuelca sobre la persona todo lo malo que el mundo ha producido el día anterior.» En sus tiempos, para salvarse era suficiente con no leer los diarios; hoy por hoy ya no es posible; están la radio, la televisión, basta conectarlas un instante para que el mal nos alcance, se meta dentro de nosotros.

Así ocurrió esta mañana. Mientras me vestía escuché a través del informativo regional que habían autorizado a los convoyes de refugiados para que cruzaran la frontera. Estaban allí inmovilizados desde hacía cuatro días, no les permitían avanzar y ya no podían volver sobre sus pasos. Había viejos, enfermos, mujeres solas con sus niños. El comentarista dijo que el primer contingente ya había llegado al campamento de la Cruz Roja y había recibido las primeras atenciones. La presencia de una guerra tan próxima* y tan grave me causa una gran turbación. Desde que estalló vivo como con una espina clavada en el corazón. Es una imagen trivial, pero, en su trivialidad, expresa bien la sensación. Transcurrido un año, al dolor se sumaba la indignación, me parecía imposible que nadie interviniese para poner fin a esa matanza. Después he tenido que resignarme: allí no hay pozos de petróleo, sino solamente pedregosas montañas. Con el tiempo, la indignación se ha convertido en rabia, y esa rabia sigue latiendo en mi interior como una carcoma tozuda.

Es ridículo que a mi edad todavía me impresione tanto una guerra. En el fondo, diariamente se libran docenas y docenas en el mundo, a lo largo de ochenta años debería haberme forjado algo así como un callo, un hábito. Pero, desde que nací, la hierba alta y amarillenta del Carso ha sido atravesada por refugiados y ejércitos, victoriosos o en desbandada: primero los contingentes de infantería de la Gran Guerra con el estallido de las bombas en la meseta; después el desfile de los supervivientes de las campañas de Rusia y de Grecia; las matanzas fascistas y nazis; los estragos en las *foibe***; y ahora nuevamente

---

* «Próxima»: de Trieste a Bosnia hay unos doscientos cincuenta kilómetros en línea recta. (*N. del t.*)

** *Foibe* es el plural de *foiba* o *dolina*. La *foiba* es una hondonada calcárea en forma de embudo, frecuentemente con grutas, característica de la zona cársica. *(N. del t.)*

el tronar de los cañones junto a la frontera, este éxodo de inocentes en fuga de la gran matanza de los Balcanes.

Hace más o menos un año, cuando me dirigía en tren de Trieste a Venecia, viajé en el mismo compartimento en que lo hacía una médium. Era una señora algo más joven que yo, con un sombrerito aplanado en la cabeza. Naturalmente, yo no sabía que se trataba de una médium, lo reveló ella conversando con su vecina de asiento.

«¿Sabe usted? —le decía mientras cruzábamos la meseta del Carso—. Si camino por esta zona oigo todas las voces de los muertos, no puedo dar un par de pasos sin quedar aturdida. Gritan todos de una manera terrible: cuanto más jóvenes han muerto, con más fuerza gritan.» Después le explicó que, en los sitios en que se había producido alguna acción violenta, algo quedaba para siempre alterado en la atmósfera: el aire queda corroído, ya no es compacto, y esa corrosión, en vez de liberar sentimientos benévolos a manera de contrapeso, favorece la realización de nuevos excesos. En otras palabras: donde se ha derramado sangre volverá a derramarse sangre, y sobre ésta más y más aún. «La tierra —había dicho la médium concluyendo su comentario—, es como un vampiro: apenas prueba la sangre quiere más sangre fresca, cada vez más.»

Durante muchos años me he preguntado si este sitio en el que nos ha tocado vivir no incubará en sí una maldición; me lo he preguntado y me lo sigo preguntando sin conseguir darme una respuesta. ¿Recuerdas cuántas veces fuimos juntas a la fortaleza de Monrupino? En los días de *bora* pasábamos horas contemplando el paisaje, era casi como ir en avión y mirar hacia abajo. La vista abarcaba los 360 grados, rivalizábamos sobre quién identificaba antes alguna cima de los Dolomitas o sobre quién distinguía Grado de Venecia. Ahora que ya no puedo ir allí materialmente, para ver el mismo paisaje tengo que cerrar los ojos.

Gracias a la magia de la memoria, todo aparece ante mis ojos como si estuviera en el mirador de la fortaleza. No falta nada, ni siquiera el sonido del viento, los aromas de la estación que he escogido. Me quedo allí, contemplo los pilares de piedra caliza erosionados por el tiempo, el gran espacio despejado en que se ejercitan los tanques, el oscuro promontorio de Istria zambullido en el azul del mar, miro en torno y por enésima vez me pregunto: si hay una nota discordante, ¿dónde está?

Amo este paisaje, y tal vez este amor me impida resolver el asunto; lo único que sé con certeza es la influencia del aspecto exterior sobre el carácter de quienes viven en estos parajes. Si frecuentemente soy tan áspera y brusca, si tú también lo eres, se lo debemos al Carso, a su erosión, a sus colores, al viento que lo flagela. Si hubiéramos nacido, ¡yo qué sé!, entre las colinas de la Umbría, acaso hubiéramos sido más plácidas, la exasperación no habría formado parte de nuestro temperamento. ¿Hubiera sido mejor? No lo sé, es imposible imaginar una condición que no se ha vivido.

De todas maneras, una pequeña maldición sí que la hubo, hoy: esta mañana, al ir a la cocina encontré a la mirla exánime entre sus trapos. Ya durante los últimos dos días había manifestado indicios de malestar, comía menos y frecuentemente se amodorraba entre uno y otro bocado. La muerte debió de producirse poco antes del amanecer porque, cuando la cogí entre mis manos, la cabeza se bamboleaba de un lado a otro como si dentro se le hubiera roto el muelle. Era ligera, frágil, estaba fría. La acaricié un poco antes de envolverla en un trapito, quería darle un poco de calor. Afuera caía un aguanieve tupida; encerré a *Buck* en una habitación y salí. Ya no tengo energía para coger la pala y cavar, de manera que escogí el bancal de tierra más blanda. Con el pie excavé una pequeña fosa, puse en su interior a la mirla, volví a cubrirla y antes de entrar nuevamente en casa recé la oración que siempre repetíamos cuando enterrábamos a nuestros pajaritos. «Señor, acoge esta pequeñísima vida como has acogido a todas las demás.»

¿Recuerdas, cuando eras pequeña, a cuántos socorrimos e intentamos salvar? Después de cada día ventoso encontrábamos algún pajarillo herido: eran jilgueros, herrerillos, gorriones, mirlos, en cierta ocasión incluso un piquituerto. Hacíamos todo lo posible por curarlos, pero casi nunca nuestros cuidados tenían éxito: de un día para otro, sin señal premonitoria alguna, los encontrábamos muertos. ¡Qué tragedia ese día, entonces! Aunque ya había ocurrido muchas veces, te perturbabas igual. Después del sepelio te enjugabas la nariz y los ojos con la palma de la mano y después te encerrabas en tu habitación «para establecer espacio».

Cierto día me preguntaste cómo lograríamos encontrar a tu mamá; el cielo era tan grande que resultaba muy fácil extraviarse. Yo te dije que el cielo era una especie de gran hotel, allí arriba cada uno tenía una habitación y en esa habitación volvían a encontrarse todas las personas que se habían querido y se quedaban juntas para siempre. Durante algún tiempo esa explicación te había tranquilizado. Sólo cuando murió tu cuarto o quinto pececillo rojo volviste al tema y me preguntaste: «¿Y si no hay más espacio?» «Si no hay espacio —contesté—, hay que cerrar los ojos y repetir durante todo un minuto "habitación ensánchate". Entonces inmediatamente la habitación se vuelve más grande.»

¿Todavía guardas en la memoria estas imágenes infantiles o tu coraza las ha enviado al exilio? Yo sólo las he recordado hoy mientras enterraba la mirla. «Habitación ensánchate», ¡qué hermosa magia! Claro, entre tu madre, los hámsters, los gorriones y los pececillos rojos, tu habitación ya debe estar repleta como las tribunas de un estadio. Pronto también yo iré allá: ¿me aceptarás en tu habitación o tendré que alquilar una al lado? ¿Podré invitar a la primera persona que he amado, podré por fin lograr que conozcas a tu verdadero abuelo?

¿En qué pensaba, qué me imaginaba aquel atardecer de septiembre cuando me apeaba del tren en la estación de Porretta? En nada, absolutamente en nada. En el aire se percibía el olor de los castaños y mi primera preocupación había sido encontrar la pensión en la que tenía reservada una habitación. Por entonces era todavía muy ingenua, desconocía el incesante trabajo del destino, la única convicción que tenía era que las cosas ocurrían según el uso bueno o menos bueno que hiciera de mi voluntad. En el instante en que había puesto los pies y apoyado la maleta sobre el andén, mi voluntad se había reducido a cero: no quería nada, o, mejor dicho, quería solamente una cosa, estar en paz.

A tu abuelo lo vi desde la primera noche: comía con otra persona en el comedor de mi pensión. Aparte de un viejo caballero, no había más huéspedes. Estaba discutiendo de política bastante animadamente, el tono de su voz me molestó en seguida. Durante la cena lo miré fijamente un par de veces con expresión más bien de fastidio. ¡Menuda sorpresa tuve al día siguiente al descubrir que precisamente él era el médico del establecimiento termal! Durante unos diez minutos me estuvo interrogando sobre el estado de mi salud; cuando llegó el momento de desvestirme me ocurrió algo muy embarazoso: empecé a sudar como si estuviera realizando un gran esfuerzo. Al auscultarme el corazón, exclamó: «¡Vaya, qué susto!», y se echó a reír de una manera más bien disgustante. En cuanto empezó a accionar el manómetro de la presión, la columna de mercurio inmediatamente subió de golpe a los valores más altos. «¿Sufre usted de hipertensión?», me preguntó entonces. Yo es-

133

taba furiosa conmigo misma, trataba de repetir para mis adentros: «A qué viene tanto miedo, no es más que un médico que hace su trabajo, no es normal ni serio que me agite de esta forma.» Sin embargo, por más que me lo repitiese no conseguía serenarme. Ante la puerta, al tiempo que me entregaba la receta, me estrechó la mano. «Descanse, recobre el aliento —dijo—, de lo contrario ni siquiera las aguas podrán lograr nada.»

Esa misma noche, después de haber cenado vino a sentarse a mi mesa. Al día siguiente ya paseábamos juntos, conversando, por las calles del pueblo. Esa impetuosa vivacidad que al principio me había irritado tanto, ahora empezaba a despertar mi curiosidad. En todo lo que decía había pasión, arrebato; era imposible estar a su lado y no sentirse contagiada por el calor que emanaba cada frase suya, por el calor de su cuerpo.

Hace tiempo leí en un periódico que, según las últimas teorías, el amor no nace del corazón, sino de la nariz. Cuando dos personas se encuentran y se gustan empiezan a enviarse unas pequeñas hormonas cuyo nombre no recuerdo; esas hormonas entran por la nariz para subir hasta el cerebro y allí, en algún secreto meandro, desatan la tempestad del amor. En otras palabras, concluía el artículo, los sentimientos no son otra cosa que invisibles hedores. ¡Qué tontería tan absurda! Quien ha experimentado el amor verdadero en su existencia, el amor grande y sin palabras, sabe que esta clase de afirmaciones no son otra cosa que el enésimo golpe bajo para enviar hacia el exilio al corazón. Ciertamente, el olor de la persona amada provoca grandes turbaciones. Pero para provocarlas antes tiene que haber habido otra cosa, alguna cosa que, estoy segura, es muy distinta de un sencillo hedor.

Estando junto a Ernesto durante esos días, por primera vez en mi vida tuve la sensación de que mi cuerpo no tenía límites. Sentía a mi alrededor una especie de halo impalpable, era como si los contornos fuesen más amplios y esa amplitud vibrase en el aire con cada movimiento. ¿Sabes cómo se comportan las plantas cuando durante algunos días no las riegas? Las hojas se ablandan, en vez de elevarse hacia la luz cuelgan hacia abajo como las orejas de un conejo deprimido. Pues mi vida, durante los años anteriores, había sido justamente similar a la de una planta sin agua: el rocío nocturno me había brindado la nutrición mínima indispensable para sobrevivir, pero aparte de ésta no recibía otra cosa, tenía las fuerzas para sostenerme de pie y nada más. Es suficiente mojar la planta una vez sola para que se recobre, para que se yergan sus hojas. Eso me ocurrió la primera semana. A los seis días de mi llegada, al mirarme en el espejo por la mañana me di cuenta de que era otra. La piel era más lisa, la mirada más luminosa, mientras me vestía empecé a cantar, cosa que no hacía desde que era niña.

Oyendo esta historia desde fuera, tal vez te resulte natural pensar que bajo la euforia habría algunas preguntas, una inquietud, un tormento. En el fondo era una mujer casada, ¿cómo podía aceptar con ligereza la compañía de otro hombre? No había pregunta alguna, sin embargo, ninguna sospecha, y no porque fuese particularmente falta de prejuicio. Más bien porque lo que estaba viviendo se refería al cuerpo, solamente al cuerpo. Era como un cachorro que, tras haber vagabundeado largamente por las calles en invierno, encuentra un cubil cálido: no se pregunta nada y se queda allí, disfrutando la tibieza. Además, la estima que tenía de mis encantos femeninos era muy baja y, por consiguiente, ni siquiera me rozaba la idea de que un hombre pudiera sentir esa clase de interés por mí.

El primer domingo, mientras me dirigía a pie a oír misa, Ernesto se me acercó al volante de un coche. «¿Adónde va?», me preguntó asomándose por la ventanilla. Apenas se lo dije abrió la portezuela diciendo: «Créame, Dios se quedará mucho más contento si en vez de ir a la iglesia viene a darse un hermoso paseo por los bosques.» Tras largos trayectos y muchas curvas llegamos a un sitio en el que se abría un sendero que se perdía entre los castaños. Yo no llevaba el calzado adecuado para caminar por un suelo accidentado y tropezaba constantemente. Cuando Ernesto me cogió la mano, me pareció la cosa más natural del mundo. Caminamos largo rato en silencio. En el aire ya se percibía el olor del otoño, la tierra estaba húmeda, en la copa de los árboles amarilleaban las hojas y la luz, al pasar entre ellas, se atenuaba en diferentes tonalidades. De pronto, en medio de un claro, dimos con un enorme castaño. Acordándome de mi encina me acerqué, primero lo acaricié con la mano, después apoyé una mejilla sobre su corteza. En seguida Ernesto apoyó su cabeza junto a la mía. Desde que nos habíamos conocido nunca nuestros ojos habían estado tan próximos.

Al día siguiente no quise verlo. La amistad se estaba transformando en otra cosa y necesitaba reflexionar. No era una chiquilla, sino una mujer casada con todas sus responsabilidades; él también estaba casado, y por añadidura tenía un hijo. Lo había previsto todo en mi existencia hasta la vejez y el hecho de que irrumpiera algo que no había calculado me llenaba de una gran ansiedad. No sabía cómo había de comportarme. Al primer impacto lo nuevo da miedo, para conseguir avanzar es necesario superar esa sensación de alarma. De tal suerte, en determinado momento pensaba: «Es una gran tontería, la más grande de mi vida; tengo que olvidarlo todo y borrar lo poco que ha habido.» Al momento siguiente me decía que la tontería más grande iba a ser justamente dejarlo correr, porque era la primera vez desde mi infancia que me sentía viva, todo vibraba a mi alrededor y dentro de mí, me parecía imposible tener que renunciar a ese nuevo estado. Además, naturalmente, tenía una sospecha, la sospecha que sienten o por lo menos sentían todas las mujeres: es decir, que me estuviese tomando el pelo, que quisiera divertirse y nada más. Todos esos pensamientos se agitaban en mi cabeza mientras estaba sola en esa triste habitación de pensión.

Esa noche no logré conciliar el sueño hasta las cuatro, estaba demasiado excitada. Pero a la mañana siguiente no me sentía fatigada ni mucho menos: mientras me vestía empecé a cantar;

en esas pocas horas había brotado en mi interior un anhelo tremendo de vivir. El décimo día de mi estadía envié a Augusto una postal: *Aire excelente, cocina mediocre. Confiemos*, había escrito, despidiéndome con un abrazo afectuoso. La noche anterior la había pasado con Ernesto.

Durante esa noche repentinamente me había dado cuenta de una cosa, y era que entre nuestra alma y nuestro cuerpo hay muchas pequeñas ventanas y a través de éstas, si están abiertas, pasan las emociones, si están entornadas se cuelan apenas; tan sólo el amor puede abrirlas de par en par a todas y de golpe, como una ráfaga de viento.

Durante la última semana de mi permanencia en Porretta estuvimos siempre juntos; dábamos largos paseos y hablábamos hasta quedarnos con la garganta reseca. ¡Qué diferentes eran las cosas que decía Ernesto de las de Augusto! Todo en él era pasión, entusiasmo, sabía entrar en los argumentos más difíciles con una sencillez absoluta. A menudo hablábamos de Dios, de la posibilidad de que además de la realidad tangible hubiese alguna otra cosa. Él había militado en la Resistencia, más de una vez había visto la muerte cara a cara. En esos momentos había nacido en él el pensamiento de alguna cosa superior, no por miedo, sino por la dilatación de la conciencia en un espacio más amplio. «No puedo seguir los ritos —me decía—, jamás frecuentaré un sitio de culto, nunca podré creer en los dogmas, en las historias que han inventado otros hombres como yo.» Nos robábamos las palabras de la boca, pensábamos las mismas cosas, las decíamos de la misma manera, parecía que nos conociéramos desde hacía años y no desde hacía dos semanas.

Nos quedaba poco tiempo, las últimas noches no dormimos más de una hora, nos adormecíamos el tiempo mínimo necesario para recobrar fuerzas. A Ernesto lo apasionaba mucho el tema de la predestinación. «En la vida de cada hombre —decía—, sólo existe una mujer con la cual puede conseguir una unión perfecta, y en la vida de cada mujer sólo hay un hombre con el que ella puede ser completa.» Pero el encuentro era un destino de pocos, de poquísimos. Todos los demás se veían obligados a vivir en un estado de insatisfacción, de perpetua nostalgia. «¿Cuántos encuentros de ésos habrá? —decía en la oscuridad del dormitorio—. ¿Uno de cada diez mil, uno de cada millón, de cada diez millones?» Uno de cada diez millones, sí. Todos los otros son adaptaciones, simpatías epidérmicas, transitorias, afinidades físicas o de carácter, convencionalismos sociales. Tras estas consideraciones no hacía más que repetir: «¡Qué afortunados hemos sido, ¿no?! ¡A saber qué hay detrás de todo esto!»

El día de mi partida, esperando el tren en la minúscula estación, me abrazó y susurró junto a mi oído: «¿En qué otra vida ya nos hemos conocido?» «En muchas», repuse, y me eché a llorar. Tenía en el bolso, escondidas, sus señas en Ferrara.

Inútil describirte mis sentimientos durante esas largas horas de viaje, eran sentimientos demasiado agitados, demasiado «armados el uno contra el otro». Sabía que durante esas horas tenía que llevar a cabo una metamorfosis, constantemente acudía a la *toilette* para controlar la expresión de mi rostro. La luminosidad de mi mirada, la sonrisa, tenían que desaparecer, apagarse. Para confirmar la bondad de los aires sólo había de mantenerse el colorido de las mejillas. Tanto mi padre como Augusto encontraron que había mejorado extraordinariamente. «¡Ya sabía que las aguas son milagrosas!», exclamaba mi padre sin cesar, en tanto que Augusto, cosa casi increíble tratándose de él, me rodeaba de pequeñas galanterías.

Cuando tú también experimentes el amor por primera vez, entenderás qué variados y cómicos pueden ser sus efectos. Mientras no estás enamorada, mientras tu corazón es libre y tu mirada no es de nadie, entre todos los hombres que podrían interesarte ni uno solo se digna prestarte atención; después, en el momento en que te sientes atrapada por una única persona y no te importan los demás absolutamente nada, todos te persiguen, pronuncian dulces palabras, te galantean. Es el efecto de las ventanas que antes te mencioné: cuando están abiertas, el cuerpo da al alma una gran luz e igualmente el alma al cuerpo, con un sistema de espejos se iluminan entre sí. En breve se forma a tu alrededor una especie de halo dorado y cálido, y ese halo atrae a los hombres como la miel atrae a los osos. Augusto no se había librado de ese efecto y tampoco yo, aunque te parezca extraño, no tenía ninguna dificultad en ser amable con él. Ciertamente, si Augusto hubiera estado por lo menos un poco más metido en las cosas del mundo, si hubiera sido algo más malicioso, no habría tardado en percatarse de lo que había ocurrido. Por primera vez desde que nos habíamos casado sentí gratitud hacia sus horripilantes insectos.

¿Pensaba en Ernesto? Claro que sí, prácticamente no hacía otra cosa. Pero pensar no es la palabra adecuada. Más que pensar, existía por él, él existía en mí, en cada gesto, en cada pensamiento, éramos una misma persona. Al dejarnos habíamos quedado de acuerdo en que la primera en escribir sería yo; para que él también pudiese hacerlo yo tenía que conseguir antes la dirección de alguna amiga de confianza para que allí me enviase sus cartas. Le envié la primera carta el día anterior al día de los muertos. El período siguiente fue el más terrible de toda nuestra relación. En la lejanía, ni siquiera los amores más grandes, los más absolutos, se libran de la duda. Por las mañanas abría de golpe los ojos en la oscuridad y me quedaba inmóvil y en silencio al lado de Augusto. Eran los únicos momentos en que no tenía que ocultar mis sentimientos. ¿Y si Ernesto, me preguntaba, sólo fuera un seductor, uno que en las termas, para combatir el tedio, se divertía con las señoras solas? A medida que pasaban los días sin que llegase una respuesta, esta sospecha se transformaba en certeza. «Muy bien —decía entonces para mis adentros—, si el asunto ha sido así, incluso si me he comportado como la más ingenua de las mujerucas, no se ha tratado de una experiencia negativa ni inútil. Si no me hubiese entregado habría llegado a la vejez y a la muerte sin enterarme jamás de lo que una mujer puede llegar a sentir.» Te das cuenta de que, en cierto sentido, trataba de anticiparme para atenuar el golpe.

Tanto mi padre como Augusto notaron el empeoramiento de mi humor. Reaccionaba bruscamente por naderías, apenas uno de ellos entraba en una habitación yo me marchaba a otra, necesitaba estar a solas. Constantemente repasaba las semanas que habíamos pasado juntos, frenéticamente las examinaba minuto tras minuto para encontrar algún indicio, alguna prueba que me impulsara definitivamente en una u otra dirección. ¿Cuánto tiempo duró ese suplicio? Un mes y medio, casi dos. Una semana antes de Navidad, llegó por fin al domicilio de aquella amiga que hacía el papel de puente una carta: cinco páginas escritas con una caligrafía grande y airosa.

Repentinamente volví a sentirme de buen humor. Entre escribir y aguardar las respuestas volaron el invierno y la primavera también. La idea fija que tenía, el pensamiento puesto en Ernesto, alteraba mi percepción del tiempo, todas mis energías se concentraban en un futuro indefinido, en el momento en que podría volver a verlo.

La profundidad de su carta me había brindado seguridad acerca del sentimiento que nos unía. El nuestro era un amor grande, grandísimo, y como todos los amores verdaderamente grandes también estaba en buena medida lejos de los sucesos estrictamente humanos. Tal vez te parezca extraño que la prolongada lejanía no nos provocase un gran sufrimiento, y tal vez de-

142

cir que no sufríamos en absoluto no sea exactamente la verdad. Tanto Ernesto como yo sufríamos por ese forzoso distanciamiento, pero era un sufrimiento que se mezclaba con otros sentimientos, detrás de la emoción de la espera el dolor pasaba a un segundo plano. Éramos dos personas adultas y estábamos casados, sabíamos que las cosas no podían ser de otra manera. Probablemente, si todo eso hubiera ocurrido en nuestros días, después de menos de un mes yo le habría pedido a Augusto la separación y Ernesto se la habría pedido a su mujer, y ya antes de Navidad habríamos estado viviendo bajo el mismo techo. ¿Hubiera sido mejor así? No lo sé. En el fondo, no consigo quitarme de la mente que la facilidad de las relaciones trivializa el amor, que transforma la intensidad del arrebato en una infatuación pasajera. ¿Sabes qué es lo que ocurre cuando al preparar una tarta mezclas mal la harina con la levadura? La tarta, en vez de elevarse de manera uniforme, se levanta sólo por un lado, más que levantarse estalla, la masa se rompe y chorrea como lava fuera del molde. Así es la unicidad de la pasión. Se desborda.

Tener un amante y conseguir verse con él no era cosa sencilla en aquellos tiempos. Ciertamente era más fácil para Ernesto: al ser médico siempre podía inventarse un congreso, unas oposiciones, algún caso de urgencia; pero para mí, que no tenía otra actividad que la de ama de casa, era casi imposible. Tenía que inventar alguna clase de compromiso, algo que me permitiera ausencias de pocas horas o incluso de unos días sin levantar sospecha alguna. Por lo tanto, antes de Pascua me inscribí en una asociación de aficionados al latín. Se reunían una vez por semana y frecuentemente llevaban a cabo excursiones de carácter cultural. Conociendo mi pasión por los idiomas clásicos, Augusto no sospechó nada ni puso objeción alguna: más aún, se alegraba de que volviera a recobrar los intereses de antaño.

Ese año el verano llegó en un abrir y cerrar de ojos. A finales de junio, como todos los años, Ernesto se fue a las termas y yo, con mi padre y mi marido, me dirigí al mar. Durante aquel mes logré convencer a Augusto de que no había dejado de querer tener un hijo. El 31 de agosto, bien temprano, con la misma maleta y el mismo vestido del año anterior, me acompañó a coger el tren hacia Porretta. Durante el viaje, a causa de la excitación, no logré estarme quieta ni un instante. A través de la ventanilla veía el mismo paisaje que había visto un año antes, y, sin embargo, todo me parecía diferente.

Me quedé en la localidad termal tres semanas, y en esas tres semanas viví más y más profundamente que en todo el resto de mi existencia. Un día, mientras Ernesto estaba trabajando, al pasear por el parque pensé que en ese momento lo más bello sería morir. Parecerá raro, pero la máxima felicidad, al igual que la máxima desdicha, trae consigo siempre este contradictorio deseo. Tenía la sensación de estar en la ruta desde hacía mucho tiempo, de haber caminado durante años y años por sendas abruptas, a través de matorrales; para avanzar me había abierto un estrecho sendero con un hacha; avanzaba y de todo lo que había a mi alrededor —salvo lo que estaba ante mis pies— nada había visto; no sabía adónde estaba yendo, ante mí podía haber un abismo, un barranco, una gran ciudad o un desierto; después, de pronto, el matorral se había abierto, sin darme cuenta había ascendido hacia lo alto. Repentinamente me encontraba en la cumbre de una montaña, el sol acababa de asomar y ante mí, con diferentes esfumados, otras montañas se escalonaban hacia el horizonte; todo era de un color azul celeste, una ligera brisa acariciaba la cima, la cima y mi cabeza, mi cabeza y dentro de ella mis pensamientos. Desde abajo ascendía de vez en cuando algún rumor, el ladrido de un perro, el repicar de las campanas de alguna iglesia. Cada cosa era al mismo tiempo leve e intensa. En mi interior y fuera de mí todo se había vuelto claro, ya nada se superponía, nada se convertía en sombra, yo no tenía ya ganas de volver a bajar, de meterme en la maleza; quería zambullirme en ese color celeste y quedarme allí para siempre, dejar la vida en el momento más alto. Conservé aquel pensamiento hasta la noche, cuando llegó el momento de volver a ver a Ernesto. Pero no me atreví a comentárselo durante la cena, tenía miedo de que se echase a reír. Solamente más tarde, cuando vino a mi dormitorio, acerqué los labios a su oído para hablarle. Quería decirle: «Quiero morir.» ¿Sabes qué le dije, en cambio? «Quiero un hijo.»

Cuando me marché de Porretta sabía que estaba embarazada. Creo que también Ernesto lo sabía, los últimos días estuvo muy turbado, confundido, frecuentemente callado. Yo no, en lo más mínimo. Mi cuerpo había empezado a modificarse desde la mañana siguiente a la concepción, repentinamente el pecho se me había vuelto más voluminoso, más compacto, y la piel del rostro más luminosa. Es verdaderamente increíble qué poco tiempo tarda el físico en acomodarse al nuevo estado. Por eso puedo decirte que, aunque todavía no había hecho los análisis, aunque el vientre todavía se veía plano, yo sabía muy bien qué era lo que había ocurrido. Me sentía de pronto invadida por una gran luminosidad, mi cuerpo se modificaba, empezaba a expandirse, a volverse poderoso. Antes de entonces nunca había experimentado nada que se pareciese a eso.

Los pensamientos graves solamente me asaltaron cuando me quedé sola en el tren. Mientras estuve junto a Ernesto no tuve ninguna duda sobre el hecho de que tendría aquel niño: Augusto, mi vida en Trieste, las cháchaeras de la gente, todo estaba muy lejos. Pero en aquel momento todo ese mundo se estaba aproximando, la rapidez con que avanzaría el embarazo me imponía tomar decisiones cuanto antes, y, una vez asumidas, mantenerlas para siempre. En seguida comprendí, paradójicamente, que abortar resultaría mucho más difícil que tener el hijo. Un aborto no habría pasado inadvertido para Augusto. Y ¿cómo podía justificarlo ante sus ojos después de haber insistido durante tantos años en mi deseo de tener un hijo? Además, yo no quería abortar, esa criatura que estaba creciendo dentro de mí no había sido un error, algo que hubiera que eliminar cuanto antes. Era la realización de un deseo, acaso el deseo más grande y más intenso de mi vida entera.

Cuando se ama a un hombre —cuando se le ama con la totalidad del cuerpo y del alma—, lo más natural es desear un hijo de él. No se trata de un deseo inteligente, de una elección fundada en criterios racionales. Antes de conocer a Ernesto me imaginaba que quería tener un hijo y sabía exactamente por qué lo quería, cuáles serían los pros y contras de tenerlo. En palabras pobres, era una elección racional, quería tener un hijo porque había llegado a una determinada edad y me sentía muy sola; porque era una mujer y si las mujeres no hacen nada, por lo menos pueden tener hijos. ¿Comprendes? Para comprar un automóvil habría adoptado exactamente el mismo criterio.

Pero cuando aquella noche le dije a Ernesto: «Quiero un hijo», se trataba de algo absolutamente diferente y todo el sentido común estaba contra esa decisión; sin embargo, esa decisión era más fuerte que todo el sentido común. Y además, en el fondo, tampoco se trataba de una decisión, era un frenesí, una avidez de perpetua posesión. Quería a Ernesto dentro de mí, conmigo, a mi lado para siempre. Ahora, al leer de qué manera me comporté, probablemente te estremecerás de horror, te preguntarás cómo no te has dado cuenta antes de que yo ocultaba aspectos tan bajos, tan despreciables. Cuando me apeé en la estación de Trieste hice lo único que podía hacer: bajé del tren como una tierna y enamoradísima esposa. A Augusto inmediatamente le llamó la atención mi cambio, y en vez de preguntarse qué pasaba se dejó implicar.

Un mes más tarde era más que plausible que aquel hijo fuera suyo. El día que le comuniqué los resultados de los análisis, dejó su despacho a media mañana y pasó el día entero conmigo proyectando cambios en la casa por la llegada del niño. Mi padre, cuando acercando mi rostro al suyo le grité la noticia, cogió entre sus manos secas mis manos y se quedó así un rato, quieto, en tanto que los ojos se le ponían húmedos y enrojecidos. Hacía ya tiempo que la sordera lo había apartado de gran parte de la vida y sus razonamientos se desarrollaban de manera discontinua, entre una y otra frase había repentinos vacíos, retazos o residuos de recuerdos que nada tenían que ver. No sé por qué, pero ante sus lágrimas, en vez de emoción sentí una sutil sensación de fastidio. En ellas leía retórica y nada más. De todas maneras, no llegó a ver a su nietecita. Murió sin sufrir, mientras dormía, cuando yo estaba en el sexto mes de embarazo. Viéndolo acomodado en el ataúd me chocó hasta qué punto se había resecado y se veía decrépito. Tenía en la cara la misma expresión de siempre, distante y neutra.

Naturalmente, tras haberme enterado del resultado de los análisis, le escribí también a Ernesto; su respuesta llegó en menos de diez días. Aguardé unas horas antes de abrir el sobre, estaba muy agitada, temía que dentro hubiera algo desagradable. Sólo me decidí a leer el contenido al atardecer; a fin de poder hacerlo libremente me encerré en el reservado de un café. Sus palabras eran moderadas y razonables. «No sé si esto es lo mejor que se puede hacer —decía—, pero si lo has decidido así, respeto tu decisión.»

Desde aquel día, allanados todos los obstáculos, empezó mi tranquila espera de madre. ¿Me sentía un monstruo? ¿Era eso? No lo sé. Durante el embarazo y a lo largo de muchos años después no sentí ni una duda, ni un remordimiento. ¿Cómo conseguía fingir que amaba a un hombre mientras llevaba en el vientre el hijo de otro, al que verdaderamente amaba? Pero ¿ves?, en realidad las cosas nunca son tan simples, nunca son blancas o negras, cada tinte lleva consigo muchos matices diferentes. No me costaba nada ser amable y cariñosa con Augusto porque verdaderamente le tenía cariño. Lo quería de una manera muy distinta de cómo quería a Ernesto: lo amaba, no ya como una mujer ama a un hombre, sino como una hermana ama a un hermano mayor un poco tedioso. De haber sido él malo todo habría sido diferente, ni en sueños se me habría ocurrido dar a luz un hijo y vivir con un marido así; pero él era tan sólo mortalmente metódico y previsible; aparte de eso, en el fondo era amable y bondadoso. Se sentía feliz de tener ese hijo y a mí me hacía feliz dárselo. ¿Por qué razón habría tenido que revelarle el secreto? Haciéndolo habría hundido tres vidas en la infelicidad permanente. Por lo menos, así pensaba entonces. Ahora que hay libertad de movimientos, de elecciones, puede parecer verdaderamente horrible lo que hice, pero en aquel entonces —cuando me tocó vivir aquella situación— era cosa sumamente corriente, no digo que en cada pareja hubiera un caso así, pero por cierto era

149

bastante frecuente que una mujer concibiese un hijo con otro hombre en el ámbito del matrimonio. ¿Y qué era lo que ocurría? Lo que me ocurrió a mí: absolutamente nada. El niño nacía, crecía igual que los demás hermanos, llegaba a adulto sin que asomara nunca la menor sospecha. En aquellos tiempos la familia tenía cimientos solidísimos, para destruirla hacía falta mucho más que un hijo diferente. Así ocurrió con tu madre. Vino al mundo e inmediatamente fue hija mía y de Augusto. Para mí lo más importante era que Ilaria era hija del amor y no de la casualidad, de los convencionalismos o del aburrimiento; pensaba que eso eliminaría cualquier otro problema. ¡Qué equivocada estaba!

Comoquiera que fuese, durante los primeros años todo siguió su curso de una manera natural, sin sobresaltos. Yo vivía para ella, era —o creía ser— una madre muy afectuosa y solícita. Desde el primer verano había tomado la costumbre de pasar los meses más calurosos con la niña en las playas del Adriático. Habíamos alquilado una casa y Augusto, cada dos o tres semanas, venía a pasar con nosotras el sábado y el domingo.

En aquella playa Ernesto vio por primera vez a su hija. Naturalmente, simulaba ser un perfecto extraño, durante el paseo «casualmente» caminaba a nuestro lado, alquilaba una sombrilla a pocos pasos de distancia y desde allí —cuando no estaba Augusto—, disimulando su atención detrás de un libro o de un periódico, nos observaba durante horas. Después me escribía por las noches largas cartas registrando todo lo que había pasado por su cabeza, sus sentimientos hacia nosotras, lo que había visto. Entretanto, a su mujer también le había nacido otro hijo, él había dejado el trabajo de temporada en las termas y había instalado en Ferrara, su ciudad, una consulta médica privada. Aparte de aquellos encuentros simuladamente casuales, en los primeros tres años de vida de Ilaria no nos vimos más. Yo estaba muy cautivada por la niña, todas las mañanas me despertaba con la alegría de saber que ella existía; aunque hubiese querido no habría podido dedicarme a ninguna otra cosa.

Poco antes de despedirnos, durante mi última estadía en las termas, Ernesto y yo establecimos un pacto. «Todas las noches —había dicho Ernesto—, a las once en punto, en cualquier sitio que me encuentre y cualquiera que sea mi situación, saldré al aire libre y buscaré a Sirio. Tú harás lo mismo y así nuestros pensamientos, aunque estemos muy alejados, aunque no nos hayamos visto desde tiempo atrás y lo ignoremos todo el uno del otro, allá arriba volverán a encontrarse y estarán unidos.» Después salimos al balcón de la pensión y desde allí, levantando la mano entre las estrellas, entre Orión y Betelgeuse, me señaló a Sirio.

12 de diciembre

Anoche me despertó repentinamente un ruido, tardé un poco en darme cuenta de que se trataba del teléfono. Cuando me levanté ya había sonado muchas veces y dejó de sonar justo cuando llegué hasta él. Levanté el auricular de todas maneras y, con voz insegura y adormilada, dije «dígame» dos o tres veces. En vez de regresar a la cama me senté en la butaca cercana. ¿Eras tú? ¿Quién más hubiera podido ser? Aquel sonido en el silencio nocturno de la casa me había impresionado. Volvió a mi mente la historia que una amiga me había relatado años atrás. Su marido estaba hospitalizado desde hacía tiempo. A causa de la rigidez de los horarios de visita, el día que él murió ella no había podido estar a su lado. Agobiada por el dolor de haberlo perdido de esa manera, la primera noche no había logrado dormir; estaba allí, en la oscuridad, cuando repentinamente sonó el teléfono. Se extrañó, ¿cómo podía ser que alguien la llamase a esas horas para darle el pésame? Mientras tendía la mano hacia el aparato le llamó la atención algo extraño: del teléfono brotaba un halo de luz temblorosa. Cuando atendió la llamada su sorpresa se transformó en terror. En el otro extremo había una voz lejanísima que hablaba trabajosamente: «Marta —decía entre silbidos y ruidos de fondo—, quería saludarte antes de irme...» Era la voz de su marido. Una vez terminada esa frase había habido durante un momento un fuerte ruido de viento; inmediatamente después la línea se cortó y se hizo el silencio.

En aquella ocasión mi amiga me había dado lástima por el estado de profunda turbación en que se encontraba: la idea de que los muertos escogieran para comunicarse los medios más modernos me parecía por lo menos extravagante. Sin embargo, aquella historia debe haber dejado algún rastro en mi emotividad. En el fondo, muy en el fondo, en mi parte más ingenua y más mágica, también yo espero que tarde o temprano, en el corazón de la noche, alguien llame por teléfono para saludarme desde el Más Allá. He enterrado a mi hija, a mi marido y al hombre que amaba más que a nadie en el mundo. Están muertos, ya no existen; sin embargo, yo sigo comportándome como si fuese la superviviente de un naufragio. La corriente me ha dejado a salvo en una isla, ya no sé nada de mis compañeros, los perdí de vista en el preciso instante en que la embarcación volcó. Podrían haberse ahogado —y seguramente así es— pero también podría ser que no fuese así. Aunque hayan transcurrido meses y años, sigo escrutando las islas cercanas en espera de un vaho, de una señal de humo, de algo que confirme mi sospecha de que todavía viven todos ellos conmigo bajo el mismo cielo.

La noche en que Ernesto murió, me despertó un fuerte ruido. Augusto encendió la luz y exclamó: «¿Quién va?» En la habitación no había nadie, todo estaba en su sitio. Sólo a la mañana siguiente me di cuenta, al abrir la puerta del armario, de que en el interior se habían derrumbado todos los estantes: medias, ropa interior y bufandas, todo estaba amontonado.

Ahora puedo decir: «La noche en que Ernesto murió.» Pero entonces yo aún no lo sabía, acababa de recibir una carta suya, no podía imaginar ni siquiera remotamente lo que había ocurrido. Simplemente pensé que la humedad debía de haber debilitado los soportes de los estantes y que a causa del excesivo peso habían cedido. Ilaria tenía cuatro años, hacía poco que había empezado a ir al parvulario, mi vida con ella y con Augusto se había asentado, a esas alturas, en una tranquila cotidianeidad. Por la tarde, después de la reunión de los latinistas, entré en una cafetería para escribirle a Ernesto. Dos meses después iba a haber un congreso en Mantua, era la ocasión que aguardábamos para vernos desde hacía tanto tiempo. Antes de regresar a casa eché la carta al buzón y a partir de la semana siguiente empecé a esperar la respuesta. No recibí su carta a la semana siguiente y tampoco en las semanas que siguieron. Nunca me había ocurrido eso de tener que aguardar tanto tiempo. Pensé al principio en algún despiste postal, después que tal vez estuviera enfermo y no hubiese podido acudir a su consulta para retirar el correo.

154

Un mes después le escribí una breve nota que tampoco tuvo respuesta. Con el transcurso de los días empecé a sentirme como una casa en cuyos cimientos se ha infiltrado una vena de agua. Al principio era un fluir sutil, discreto, lamía apenas las estructuras de hormigón, pero después, con el paso del tiempo, se había engrosado, era más impetuoso, bajo su fuerza el hormigón se había convertido en arena. Aunque la casa todavía se sostenía, aunque en apariencia todo era normal, yo sabía que no era cierto, que bastaría el más ligero golpe para que se derrumbase la fachada y todo lo demás, para que cayese sobre sí misma como un castillo de naipes.

Cuando asistí al congreso era apenas la sombra de mí misma. Tras haber hecho acto de presencia en Mantua fui directamente a Ferrara, allí traté de enterarme de qué podía haber ocurrido. En la consulta no había nadie; observándola desde la calle se veían los postigos siempre cerrados. Al día siguiente me metí en una biblioteca y solicité consultar los periódicos de los meses anteriores. Allí, en una breve nota, lo vi todo escrito. Regresando por la noche de visitar a un paciente, había perdido el control de su coche y había chocado contra un gran plátano; la muerte se había producido casi en el acto. El día y la hora correspondían exactamente con los del derrumbe dentro de mi armario.

En cierta ocasión, en una de esas revistillas que me trae la señora Razman de vez en cuando, en la página dedicada a los astros leí que a las muertes violentas las rige Marte en la octava casa. Según lo que decía el artículo, quien nace bajo esta configuración astral está destinado a no morir serenamente en su cama. A saber si en el Cielo de Ernesto y de Ilaria brillaba esa siniestra asociación. Con más de veinte años de por medio, padre e hija se fueron de la misma manera, estrellándose con el coche contra un árbol.

Tras la muerte de Ernesto me hundí en un profundísimo agotamiento. De golpe me había dado cuenta de que la luz con que había brillado durante los últimos años no provenía de mi interior, sino que era solamente una luz reflejada. La felicidad, el amor a la vida que había experimentado, en realidad no me pertenecían verdaderamente, sólo había funcionado como un espejo. Ernesto emanaba luz y yo la reflejaba. Una vez desaparecido él, todo volvía a ser opaco. La visión de Ilaria ya no me alegraba, sino que me causaba irritación; estaba alterada hasta tal extremo que hasta llegué a dudar de que realmente fuese hija de Ernesto. Este cambio no se le escapó; con sus antenas de niña sensible se dio cuenta de mi repulsa, se volvió caprichosa y prepotente. Ahora era ella la planta joven y vital, yo el viejo árbol listo para ser sofocado. Husmeaba mis sentimientos de culpa como un sabueso, los utilizaba para llegar más arriba. La casa se había convertido en un pequeño infierno de rencillas y chillidos.

A fin de aliviarme de aquel peso, Augusto había contratado a una mujer para que se ocupase de la niña. Durante algún tiempo había intentado lograr que se entusiasmase por los insectos, pero después de tres o cuatro intentos —ya que en cada ocasión ella gritaba «¡qué asco!»— dejó correr el asunto. De repente emergieron sus años, más que el padre parecía el abuelo de su hija, la trataba con un talante amable, pero distante. Cuando pasaba delante del espejo yo también me veía muy avejentada, mis rasgos transparentaban una dureza que antes jamás habían tenido. Descuidarme era una manera de manifestar el desprecio que sentía hacia mí misma. Entre la escuela y la mujer de servicio tenía por entonces mucho tiempo libre. La inquietud me impulsaba a pasarlo generalmente moviéndome; cogía el coche y recorría de un lado a otro el Carso, conducía sumida en una especie de trance.

Retomé algunas de las lecturas religiosas que había emprendido durante mi estadía en L'Aquila. Buscaba afanosamente entre aquellas páginas una respuesta. Caminando repetía para mis adentros la frase de san Agustín ante la muerte de la madre: «Nos nos entristezcamos por haberla perdido, sino agradezcamos el haberla tenido.»

Una amiga me había hecho entrevistar dos o tres veces con su confesor: de tales encuentros yo salía más desalentada que antes. Sus palabras eran empalagosas, exaltaban la fuerza de la fe, como si la fe fuese un producto alimentario que pudiera comprar en la primera tienda que encontrase por la calle. No conseguía comprender la pérdida de Ernesto, y el descubrimiento de que carecía de una luz propia dificultaba más aún mis intentos por encontrar una respuesta. ¿Ves? Cuando lo conocí, cuando nació nuestro

157

amor, me había convencido de que toda mi vida estaba solucionada, me sentía feliz de existir por todo aquello que existía conmigo; sentía que había llegado al punto más elevado de mi camino, al punto más estable, estaba segura de que nada ni nadie podría lograr arrancarme de allí. Había en mi interior esa seguridad un poco orgullosa de las personas que lo entienden todo. Durante muchos años me había sentido segura de haber recorrido el camino con mis propias piernas; en realidad, no había dado ni un solo paso sola. Aunque nunca me había dado cuenta, debajo de mí había un caballo, era él quien había avanzado por el camino, no yo. En el momento en el que desapareció el caballo reparé en mis pies, en hasta qué extremo eran débiles; yo quería caminar y mis tobillos cedían, los pasos que daba eran los pasos inseguros de un niño muy pequeño o de un viejo. Por un momento pensé en aferrarme a un bastón cualquiera: la religión podía ser uno, el trabajo otro. Fue una idea que tuvo brevísima duración. Casi en seguida comprendí que se iba a tratar del enésimo error. A los cuarenta años ya no hay lugar para los errores. Si de pronto nos encontramos desnudos, es necesario tener el coraje de contemplarse en el espejo tal como uno es. Tenía que empezarlo todo desde el principio. Claro, pero, ¿desde dónde? Tan fácil era decirlo, como difícil hacerlo. ¿Dónde estaba yo? ¿Quién era? ¿Cuándo había sido yo misma por última vez?

Ya te lo he dicho, merodeaba durante tardes enteras por la meseta. A veces, cuando intuía que la soledad iba a empeorar todavía más mi humor, deambulaba por la ciudad; mezclándome con la multitud recorría las calles más conocidas buscando algún tipo de alivio. A esas alturas era como si tuviera un trabajo, salía cuando Augusto salía y regresaba cuando él regresaba. El médico que se ocupaba de mí me había dicho que en ciertos casos de agotamiento era normal el deseo de moverse tanto. Dado que no tenía ideas de suicidio, no era nada arriesgado dejarme deambular por ahí; en su opinión, a fuerza de correr terminaría por calmarme. Augusto había aceptado sus explicaciones, aunque no sé si verdaderamente las creía o si era simplemente por desidia e inercia; de todas maneras yo le agradecía ese hacerse a un lado, ese no poner obstáculos a mi gran inquietud.

En una cosa, de todas maneras, el médico tenía razón; sumida en ese gran agotamiento depresivo, no tenía ideas suicidas. Es extraño, pero realmente era así: tras la muerte de Ernesto no pensé en matarme ni por un instante, no creas que era Ilaria lo que me retenía. Ya te lo he dicho: en aquel momento no me importaba lo más mínimo ella. Más bien, en alguna parte de mí intuía que esa pérdida tan repentina no era —no debía, no podía ser— una finalidad en sí misma. Había un sentido en ella, yo percibía ese sentido ante mí como un peldaño gigantesco. ¿Estaba allí para que yo lo superase? Probablemente sí, pero no lograba imaginar qué podía haber detrás, qué vería una vez que hubiese subido.

Cierto día llegué con el coche a un sitio en el que nunca había estado anteriormente. Había una iglesita con un pequeño cementerio alrededor; a los lados unas colinas cubiertas de maleza, sobre la cima de una de ellas se divisaba el pináculo claro de una fortaleza. Poco más allá de la iglesia había dos o tres casas de campesinos, gallinas que rebuscaban libremente en la calle, un perro negro ladrando. En un cartel decía «Samatorza». Samatorza, el sonido evocaba la soledad, el sitio justo donde ordenar los pensamientos. De allí arrancaba un sendero pedregoso y empecé a recorrerlo sin preguntarme adónde conducía. El sol ya se estaba poniendo pero, cuanto más avanzaba, menos ganas tenía de detenerme. De vez en cuando algún arrendajo me sobresaltaba. Algo había que me llamaba, que me impulsaba a avanzar: de qué se trataba era cosa que comprendí solamente cuando llegué al espacio abierto de un claro, cuando allí en el centro pude ver, plácida y majestuosa, con las ramas abiertas como brazos dispuestos a recibirme, una encina enorme.

Es ridículo decirlo, pero, apenas la vi, mi corazón empezó a latir de otra manera, más que latir aleteaba, parecía un animalito contento, sólo latía de esa manera cuando veía a Ernesto. Me senté a su lado, la acaricié, apoyé la espalda y la nuca contra su tronco.

Gnosei seauton, eso había escrito cuando era una muchacha sobre la cubierta de mi cuaderno de griego. Al pie de la encina, aquella frase sepultada en mi memoria repentinamente regresó a mi mente. Conócete a ti mismo. Aire, respiración.

16 de diciembre

Anoche nevó; apenas me desperté vi todo el jardín blanco. *Buck* corría como un loco por el prado, saltaba, ladraba, cogía con la boca una rama y la lanzaba por los aires. Más tarde vino a visitarme la señora Razman; tomamos un café y me invitó a que pasáramos juntas la Nochebuena. «¿Qué es lo que hace todo el día?», me preguntó antes de marcharse. «Nada —contesté—. Miro un poco la televisión, pienso un rato.»

Acerca de ti, nunca me pregunta nada; elude discretamente el tema pero por el tono de su voz comprendo que te considera una ingrata. «Los jóvenes —dice a veces en medio de la conversación—, no tienen corazón, no tienen ya el respeto que tenían antaño.» A fin de que no prosiga yo asiento, pero para mis adentros estoy convencida de que el corazón sigue siendo el mismo de siempre, sólo que hay menos hipocresía, eso es todo. Los jóvenes no son egoístas por naturaleza, de la misma manera que los viejos no son naturalmente sabios. Comprensión y superficialidad no son asuntos de años, sino del camino que cada uno recorre. En algún sitio que no recuerdo, hace muchos años, leí un lema de los indios americanos que decía: «Antes de juzgar a una persona, camina durante tres lunas con sus mocasines.» Me gustó tanto que, para no olvidarlo, lo copié en la libreta de notas que está junto al teléfono. Vistas desde fuera, muchas existencias parecen equivocadas, irracionales, locas. Mientras nos mantenemos fuera es fácil entender mal a las personas, sus relaciones. Solamente estando dentro, solamente caminando tres lunas con sus mocasines pueden entenderse sus motivaciones, sus sentimientos, aquello que hace que una persona actúe de una manera en vez de hacerlo de otra. La comprensión nace de la humildad, no del orgullo del saber.

¿Quién sabe si meterás los pies en mis pantuflas después de haber leído esta historia? Espero que sí, que irás chancleteando mucho tiempo de una habitación a otra, que darás más vueltas por el jardín, del nogal al cerezo, del cerezo a la rosa, de la rosa a esos antipáticos pinos negros que están al final del prado. Lo espero, no para mendigar tu compasión, ni para que me des una absolución póstuma, sino porque es necesario para ti, para tu futuro. Entender de dónde venimos, qué hubo antes de nosotros, es el primer paso para poder avanzar sin mentiras.

Esta carta se la tenía que haber escrito a tu madre y en cambio te la he escrito a ti. Si no la hubiese escrito, entonces sí que mi existencia habría sido verdaderamente un fracaso. Cometer errores es natural, irse sin haberlos comprendido hace que se vuelva vano el sentido de una existencia. Las cosas que nos ocurren nunca son finalidades en sí mismas, gratuitas; cada encuentro, cada pequeño suceso encierra un significado, la comprensión de nosotros mismos nace de la disponibilidad para recibirlos, la capacidad de cambiar de dirección en cualquier momento, de dejar la vieja piel como las lagartijas al cambiar la estación.

Si aquel día hace casi cuarenta años no hubiese vuelto a mi mente la frase de mi cuaderno de griego, si allí no hubiese puesto un punto antes de volver a avanzar, hubiera seguido repitiendo las mismas equivocaciones que había cometido hasta aquel momento. Para librarme del recuerdo de Ernesto hubiera podido buscarme otro amante, y después otro y otro más; en la búsqueda de una copia de él, en el intento de repetir lo que ya había vivido, habría experimentado con docenas de hombres. Nadie habría sido igual al original y yo habría seguido cada vez más insatisfecha y acaso ya vieja y ridícula, me habría rodeado de hombres jóvenes. O también habría podido sentir odio por Augusto, en el fondo también a causa de su presencia me había resultado imposible asumir decisiones más drásticas. ¿Comprendes? Encontrar escapatorias cuando no se quiere mirar dentro de uno mismo es la cosa más fácil de este mundo. Siempre existe una culpa exterior, hace falta mucha valentía para aceptar que la culpa —o, mejor dicho, la responsabilidad— nos pertenece tan sólo a nosotros. Sin embargo, ya te lo he dicho, es ésta la única manera de seguir avanzando. Si la vida es un recorrido, se trata de un recorrido siempre cuesta arriba.

A los cuarenta años comprendí desde dónde tenía que arrancar. Comprender adónde quería llegar ha sido un largo proceso, lleno de obstáculos, pero apasionante. ¿Sabes? Ahora, a través de la televisión, de los periódicos, me entero, leo cosas sobre esta gran proliferación de gurús: hay un montón de gente que de la noche a la mañana se pone a seguir sus dictámenes. A mí me da miedo la abundancia de todos estos maestros, los caminos que propugnan para encontrar la paz interior y la armonía universal. Son las antenas de un gran desconcierto general. En el fondo —y tampoco tan en el fondo—, estamos a finales de un milenio, y aunque las fechas son pura convención igualmente atemorizan, todos están a la espera de que ocurra algo tremendo, quieren estar preparados. Acuden entonces a los gurús, se inscriben en escuelas para reencontrarse consigo mismos y después de asistir un mes ya están impregnados de esa arrogancia que distingue a los profetas, a los falsos profetas. ¡Qué grande, enésima, espantosa mentira!

El único maestro que existe, el único verdadero y creíble, es la propia conciencia. Para dar con ella hay que mantenerse en silencio —en soledad y en silencio—, hay que estar sobre la tierra desnuda, desnudo y sin nada alrededor, como si ya estuviésemos muertos. Al principio no percibes nada, lo único que sientes es terror, pero después, en lo profundo, lejana, empiezas a oír una voz. Es una voz tranquila y tal vez al principio te irrite con su trivialidad. Es extraño: cuando lo que esperas es oír las cosas más grandes, aparecen ante ti las pequeñas. Son tan pequeñas y tan obvias que podrías gritar: «Pero, ¿cómo? ¿Esto es todo?» Si la vida tiene un sentido —te dirá la voz—, ese sentido es la muerte, todas las demás cosas sencillamente giran alrededor de ella. Vaya descubrimiento, observarás a estas alturas, vaya hermoso y macabro descubrimiento, que hemos de morir lo sabe hasta el último de los hombres. Es cierto, con el pensamiento lo sabemos todos, pero saberlo con el pensamiento es una cosa y saberlo con el corazón es otra completamente distinta. Cuando tu madre me acometía con su arrogancia, yo le decía: «Me haces doler el corazón.» Ella se reía. «No seas ridícula —me contestaba—, el corazón es un músculo, si no corres no puede dolerte.»

Muchas veces intenté hablar con ella cuando ya había crecido lo suficiente como para entender, quería explicarle el proceso que me había llevado a apartarme de ella. «Es cierto —le decía—, hubo en tu infancia un momento en que te descuidé, tuve una grave enfermedad. Estaba enferma, si hubiera seguido ocupándome de ti habría sido peor. Ahora estoy bien —le decía—, podemos hablar de aquello, debatirlo, empezar otra vez desde el principio.» Ella no quería saber nada, «ahora la que está mal soy yo», decía, y rehusaba hablar. Odiaba la serenidad que yo estaba logrando, hacía todo lo posible por resquebrajarla, por arrastrarme al interior de sus pequeños infiernos cotidianos. Había decidido que la infelicidad era su estado. Se había atrincherado en sí misma a fin de que nada pudiese ofuscar la idea que había labrado sobre su existencia. Claro, racionalmente se decía que deseaba ser feliz, pero en realidad —en el fondo— a los dieciséis o diecisiete años ya se había cerrado toda posibilidad de cambiar. Mientras yo lentamente me iba abriendo a una dimensión diferente, ella se quedaba inmóvil con las manos apoyadas en la cabeza y aguardaba que las cosas se le cayeran encima. Mi nueva serenidad la irritaba, cuando sobre mi mesita de noche veía los Evangelios, decía: «¿De qué necesitas consolarte?»

Cuando Augusto murió, ella no quiso ni siquiera asistir al funeral. En los últimos años él había padecido una forma bastante grave de arteriosclerosis y daba vueltas por la casa hablando como un crío, cosa que ella no soportaba. «¿Qué es lo que quiere ese señor?», gritaba apenas aparecía él, arrastrando las pantuflas, ante la puerta de una habitación. Cuando él desapareció ella tenía dieciséis años, y no lo llamaba papá desde que tenía catorce. Murió en el hospital una tarde de noviembre. El día anterior lo habían ingresado por un ataque al corazón. Yo estaba con él en la habitación; no llevaba pijama, sino un camisón blanco que se ataba por la espalda. Según los médicos, había pasado lo peor.

La enfermera acababa de traer la cena cuando él, como si hubiera visto algo, se levantó repentinamente y dio tres pasos hacia la ventana. «Las manos de Ilaria —dijo con una mirada opaca—, ningún otro miembro de la familia las tiene así.» Después volvió a la cama y se murió. Yo miré hacia fuera por la ventana. Caía una fina lluvia. Le acaricié la cabeza.

Durante diecisiete años, sin dejar trasparentar nada, había conservado aquel secreto dentro de sí.

Es mediodía, hay sol y la nieve se está derritiendo. Delante de casa, sobre el prado, aparece a trechos la hierba amarillenta, de las ramas de los árboles caen gotas de agua una tras otra. Es extraño, pero con la muerte de Augusto me di cuenta de que la muerte, en sí misma, ella sola, no acarrea ninguna clase de dolor. Hay un vacío repentino —el vacío es siempre igual— pero justamente es en ese vacío donde cobra forma la diversidad del dolor. Todo lo que no se ha dicho en ese espacio se materializa y se dilata, se dilata y sigue dilatándose. Es un vacío sin puertas, sin ventanas, sin vías de escape, y lo que allí queda suspendido se queda para siempre, está sobre tu cabeza, contigo, a tu alrededor, te envuelve y te confunde con una niebla densa. El hecho de que Augusto supiera lo de Ilaria y jamás me hubiese dicho nada me hundió en un desaliento gravísimo. A estas alturas hubiera querido hablarle de Ernesto, de lo que había sido para mí, hubiera querido hablarle de Ilaria, hubiera querido discutir con él muchísimas cosas, pero ya no era posible.

Tal vez ahora puedas entender lo que te dije al principio: los muertos pesan, no tanto por su ausencia, como por lo que entre nosotros y ellos no ha sido dicho.

Tal como después de la desaparición de Ernesto, también tras la desaparición de Augusto yo había buscado consuelo en la religión. Hacía poco había conocido a un jesuita alemán, tenía apenas algún año más que yo. Percatándose de mi incomodidad con las funciones religiosas, tras un par de entrevistas me propuso que nos viésemos en algún sitio que no fuese la iglesia.

Dado que a los dos nos gustaba caminar, decidimos pasear juntos. Venía a buscarme todos los miércoles por la tarde calzando zapatos de montañero y llevando una vieja mochila; su cara me gustaba mucho, tenía el rostro surcado y serio de un hombre que ha crecido en las montañas. Al principio me intimidaba el hecho de que fuese cura, todas las cosas que le contaba se las contaba a medias: tenía miedo de causar escándalo, de atraer condenas sobre mi cabeza, juicios sin compasión. Después, cierto día, mientras descansábamos sentados sobre una piedra, me dijo: «Usted se hace daño a sí misma, ¿sabe? Solamente a sí misma.» A partir de ese momento dejé de mentir, le abrí mi corazón como no lo había hecho con ninguna otra persona desde la muerte de Ernesto. Hablando y hablando, muy pronto olvidé que tenía ante mí a un eclesiástico. Contrariamente a otros curas que había conocido, no empleaba palabras de condena ni de consuelo, todo lo empalagoso de los mensajes más corrientes le era extraño. Había en él una especie de dureza que a primera vista parecía una forma de rechazo. «Sólo el dolor hace crecer —decía—, pero al dolor hay que enfrentarlo directamente; quien se escabulle o se compadece está destinado a perder.»

Vencer, perder, los términos guerreros que utilizaba servían para describir una lucha silenciosa, totalmente interior. En su opinión, el corazón del hombre era como la tierra, una mitad iluminada por el sol y la otra en la sombra. Ni siquiera los santos tenían luz en todas partes. «Por el simple hecho de que existe el cuerpo —decía—, somos sombra de todas maneras, somos anfibios como las ranas: una parte de nosotros vive aquí, en lo bajo, y la otra tiende hacia lo alto. Vivir es tan sólo tener conciencia de esto, saberlo, luchar para que la luz no desaparezca derrotada por la sombra. Desconfíe de quien es perfecto —me decía—, de quien tiene las soluciones ya listas en el bolsillo, desconfíe de todo, salvo de lo que le dice su corazón.» Yo le escuchaba fascinada, nunca había encontrado a nadie que expresase tan bien todo aquello que desde hacía tiempo se agitaba en mi interior sin lograr salir fuera. Con sus palabras cobraban forma mis pensamientos, repentinamente tenía un camino ante mí, recorrerlo ya no me parecía imposible.

A veces en la mochila llevaba algún libro por el que sentía un cariño especial; cuando hacíamos un alto en el camino me leía algunos fragmentos con su voz clara y severa. A su lado descubrí las oraciones de los monjes rusos, la oración del corazón, comprendí los pasajes del Evangelio y de la Biblia que hasta entonces me habían parecido oscuros. Durante todos los años que habían pasado desde la desaparición de Ernesto yo ciertamente había recorrido un camino interior, pero era un camino que se limitaba al conocimiento de mí misma. A lo largo de aquel camino me había encontrado, en determinado momento, ante una pared: sabía que más allá de esa pared el camino proseguía, más luminoso y más amplio, pero no sabía cómo superar el obstáculo. Un día,

169

durante un chaparrón repentino, nos guarecimos dentro de una gruta. «¿Qué se hace para tener fe?», le pregunté allí dentro. «No se hace, la fe viene. Usted ya la tiene, pero su orgullo le impide admitirlo, se plantea demasiadas preguntas, complica las cosas que son simples. En realidad, sólo tiene un miedo tremendo. Déjese llevar y lo que ha de venir vendrá.»

Volvía a casa de aquellos paseos cada vez más confundida, más insegura. Era desagradable, ya te lo he dicho, sus palabras me herían. Muchas veces sentí deseos de no volver a verlo más, el martes por la noche me decía «ahora le llamo por teléfono, le digo que no venga porque no me encuentro bien»; en cambio no le telefoneaba. El miércoles por la tarde lo esperaba ante la puerta, puntual, con sus zapatones y su mochila.

Nuestras excursiones duraron poco más de un año, sus superiores lo apartaron de su encargo de un día para otro.

Tal vez lo que te he contado te lleve a pensar que el padre Thomas era un hombre arrogante, que había vehemencia o fanatismo en sus palabras y en su visión del mundo. No era así: en el fondo era la persona más plácida y mansa que yo haya conocido jamás, no era un soldado de Dios. Si algún misticismo había en su personalidad, era un misticismo totalmente concreto, anclado en los asuntos cotidianos.

«Estamos aquí, ahora», repetía constantemente.

Al despedirse, ante la puerta me entregó un sobre. Había dentro una tarjeta postal con un paisaje de pastizales montañeses. «El reino de Dios está dentro de vosotros» estaba impreso arriba en alemán, y detrás él, con su caligrafía, había escrito: «Sentada bajo la encina no sea usted, sino la encina; en el bosque sea el bosque, en el prado sea prado, entre los hombres sea con los hombres.»

El reino de Dios está dentro de vosotros, ¿recuerdas? Esa frase ya me había impresionado cuando vivía en L'Aquila como esposa infeliz. En aquel entonces, cerrando los ojos, deslizándome con la mirada hacia el interior, no conseguía ver nada. Tras mi encuentro con el padre Thomas algo había cambiado, seguía sin ver nada, pero ya no se trataba de una ceguera absoluta: a lo lejos empezaba a haber un resplandor, de vez en cuando, y durante brevísimos instantes lograba olvidarme de mí misma. Era una luz pequeña, débil, apenas una llamita, habría bastado un soplo para apagarla. Pero el hecho de que existiera me daba una extraña levedad, no era felicidad lo que sentía, sino júbilo. No había euforia, exaltación, no me sentía más sabia ni más en lo alto. Lo que dentro de mí crecía era tan sólo una serena conciencia de existir.

Prado sobre el prado, encina bajo la encina, persona entre las personas.

20 de diciembre

Esta mañana, precedida por *Buck*, he subido al desván. ¡Cuántos años han pasado sin que abriese esa puerta! Había polvo por todas partes y grandes telarañas colgaban de los ángulos de las vigas. Removiendo cajas y cartones he descubierto dos o tres nidos de lirones; dormían tan profundamente que no se dieron cuenta de nada. Cuando somos niños nos gusta mucho subir a los desvanes, en la vejez no tanto. Todo lo que era misterio, descubrimiento aventurero, se vuelve dolor del recuerdo.

Iba en busca del belén; para encontrarlo tuve que abrir varias cajas y los dos baúles más grandes. Me encontré entre las manos, envueltos en papel de periódico y trapos viejos, los juguetes de cuando Ilaria era niña, su muñeca predilecta.

Debajo, relucientes y perfectamente conservados, estaban los insectos de Augusto y su lente de aumento, todo el equipo que utilizaba para coleccionarlos. En un frasco para caramelos, no lejos, atadas con una cinta roja, estaban las cartas de Ernesto. No había nada tuyo, tú eres joven, estás viva, el desván no es todavía tu sitio.

Al abrir las bolsas que contenía uno de los baúles también encontré las pocas cosas de mi infancia que se habían salvado del derrumbe de la casa. Estaban chamuscadas, ennegrecidas, las saqué de su envoltorio como si fuesen reliquias. En su mayor parte eran objetos de cocina: un barreño esmaltado, un azucarero de cerámica azul y blanca, algún que otro cubierto, un molde para tartas y al final, desencuadernadas y sin cubierta, las hojas de un libro. ¿De qué libro se trataba? No lograba recordarlo. Sólo cuando lo cogí delicadamente y empecé a recorrer sus primeras líneas todo volvió a mi memoria. Fue una emoción fortísima: no era un libro cualquiera, sino el que más había querido de niña, el que me había hecho soñar más que ningún otro. Se llamaba *Las maravillas del 2000* y era, a su manera, un libro de ficción científica. La historia era bastante sencilla, pero rica en fantasía. Para comprobar si se cumplirían los magníficos destinos del progreso, dos científicos de finales del siglo XIX se hacían hibernar hasta el año 2000. Tras un siglo exacto, el nieto de un colega de ellos, hombre de ciencia a su vez, los descongelaba y, a bordo de una pequeña plataforma voladora, los llevaba a dar un paseo instructivo por el mundo. No había extraterrestres ni astronaves en esa historia, todo lo que ocurría se refería exclusivamente al destino del hombre, a lo que éste había construido con sus propias manos. Y, según el autor, el hombre había hecho muchas cosas y todas ellas maravillosas. Ya no había hambre ni pobreza en el mundo porque la ciencia, junto con la tecnología, había encontrado la manera de convertir en fértiles todos los rincones del planeta, y —cosa aún más importante— había logrado que esa fertilidad se distribuyese equitativamente entre todos los habitantes. Muchas máquinas aliviaban a los hombres de las fatigas del trabajo, todo el mundo tenía mucho tiempo libre y, de tal suerte, cada ser humano podía cultivar la parte más noble de sí mismo, todo rincón del globo resonaba de músicas, de conversaciones filosóficas doctas y serenas. Como si eso no bastase, gracias a la plataforma voladora era posible trasladarse en poco menos de una hora de un continente a otro. Los dos viejos hombres de ciencia parecían muy satisfechos: todo lo que habían hipotetizado en su fe positivista se había realizado. Hojeando el libro volví a encontrar también mi ilustración preferida: en ella los dos corpulentos investigadores, con barbas darwinianas y chalecos a cuadros, se asomaban felices por la plataforma para mirar hacia abajo.

A fin de ahuyentar cualquier sombra de duda, uno de ellos se había atrevido a formular la pregunta que más le escocía. Había preguntado: «Y los anarquistas, los revolucionarios, ¿todavía existen?» «¡Oh, claro que todavía existen! —había contestado sonriendo su guía—. Viven en ciudades que son solamente para ellos, construidas bajo los hielos de los Polos, de manera que, si por azar quisieran perjudicar a los demás, no podrían hacerlo.»

«¿Y los ejércitos? —seguía insistiendo el otro—, ¿cómo es que no se ve ni un solo soldado?»

«Ya no existen los ejércitos», contestaba el joven.

Llegados a ese punto, ambos suspiraban aliviados: ¡por fin el ser humano había regresado a su bondad original! Pero se trataba de un alivio de breve duración, porque inmediatamente el guía les comunicaba: «Oh, no, no es ése el motivo. El hombre no ha perdido la pasión por destruir, sino que solamente ha aprendido a contenerse. Los soldados, los cañones, las bayonetas, son instrumentos que han sido superados. En su lugar hay un ingenio poderosísimo aunque pequeño: justamente a él le debemos la ausencia de guerras. Efectivamente, bastaría subir a una montaña y dejarlo caer desde lo alto para que el mundo entero se redujera a una lluvia de esquirlas y polvillo.»

¡Los anarquistas! ¡Los revolucionarios! Cuántas pesadillas de mi infancia hay en esas dos palabras. Tal vez para ti sea un poco difícil comprender eso, pero has de tener en cuenta que cuando estalló la Revolución de Octubre yo tenía siete años. Oía que los mayores decían en voz baja cosas terribles; una compañera mía del colegio me había dicho que en poco tiempo los cosacos llegarían hasta Roma, hasta San Pedro, y que abrevarían sus caballos en las sagradas fuentes. El horror, naturalmente presente en las mentes infantiles, se había empapado de aquella imagen: por las noches, es el momento de dormirme, oía el rumor de sus cascos llegando al galope desde los Balcanes.

¿Quién hubiera podido imaginar que los horrores que me tocaría ver serían diferentes, mucho más perturbadores que unos caballos al galope por las calles de Roma? Cuando era niña, al leer ese libro echaba muchas cuentas para calcular si, dada mi edad, lograría asomarme al 2000. Noventa años me parecían una edad bastante avanzada pero no imposible de alcanzar. Esa idea me daba una especie de embriaguez, un leve sentimiento de superioridad sobre todos aquellos que no conseguirían llegar al 2000.

Ahora que casi hemos llegado, sé con certeza que yo no lo alcanzaré. ¿Siento nostalgia? ¿Lo lamento? No, sólo estoy muy cansada, entre todas las maravillas que nos vaticinaban sólo he visto a una convertirse en realidad: el ingenio poderosísimo y minúsculo. No sé si esto les ocurre a todos en los últimos días de la existencia, esta repentina sensación de haber vivido demasiado, de haber visto demasiado, de haber sentido demasiado. No sé si al hombre del neolítico le ocurría como ahora o no. En el fondo, pensando en el siglo que he atravesado casi enteramente, tengo la idea de que de alguna manera el tiempo ha padecido una aceleración. El día es siempre un día, la noche siempre se prolonga en proporción al día, el día en proporción a las estaciones. Así es ahora, como en los tiempos del período neolítico. El sol sale y se pone. Astronómicamente, si es que hay alguna diferencia, ésta es mínima.

Sin embargo, tengo la sensación de que ahora todo está más acelerado. La historia hace que ocurran muchas cosas, nos hace blanco de acontecimientos siempre diferentes. Al terminar cada día nos sentimos más cansados, cada vez más; al terminar una vida, exhaustos. ¡Es suficiente que pienses en la Revolución de Octubre, en el comunismo! Lo vi aparecer; por culpa de los bolcheviques no dormí por las noches; lo he visto difundirse por los países y dividir el mundo en dos grandes gajos, de un lado el blanco y del otro el negro —blanco y negro siempre en permanente lucha entre sí— y por esa lucha nos hemos quedado todos con el aliento suspendido: existía aquel ingenio, ya lo habían lanzado pero podía volver a caer en cualquier momento. Después, de repente, un día como otro cualquiera, conecto la televisión y veo que todo eso ya no existe, se derriban los muros, las alambradas, las estatuas: en menos de un mes la gran utopía del siglo se ha convertido en un dinosaurio. Está embalsamada, en su inmovilidad se ha vuelto inofensiva, está situada en medio de una sala y al pasar delante de ella todos dicen: «¡Qué grande era, oh! ¡Qué terrible era!»

Digo el comunismo pero hubiera podido decir cualquier otra cosa, ante mis ojos han pasado tantas, y ninguna ha permanecido. ¿Entiendes ahora por qué te digo que el tiempo se ha acelerado? Durante el neolítico, ¿qué podía ocurrir a lo largo de una existencia? La temporada de las lluvias, la de las nieves, la estación del sol y la invasión de la plaga de langostas, alguna escaramuza cruenta con unos vecinos poco simpáticos, acaso la llegada de algún pequeño meteorito con su cráter humeante. Aparte del propio territorio, más allá del río no había otra cosa. Al ignorar la extensión del mundo, forzosamente el tiempo era más lento.

«Que puedas tú vivir en años interesantes», se dicen, al parecer, unos a otros los chinos. ¿Un benévolo augurio? No lo creo, más que un augurio me parece una maldición. Los años interesantes son los más agitados, son aquellos en los que ocurren muchas cosas. Yo he vivido años muy interesantes, pero los que tú habrás de vivir tal vez sean más interesantes todavía. Aunque se trata de un simple convencionalismo astronómico, al parecer el cambio de milenio siempre trae consigo una gran perturbación.

El día 1 de enero del año 2000, los pájaros se despertarán en la copa de los árboles a la misma hora que el 31 de diciembre de 1999, cantarán de la misma manera y, apenas hayan terminado de cantar, irán en busca de alimento. En cambio, para los hombres todo será diferente. Tal vez —en caso de que no se haya producido el castigo previsto— se apliquen con buena voluntad a la construcción de un mundo mejor. ¿Ocurrirá eso? Tal vez, pero acaso no. Los indicios que hasta el día de hoy he podido percibir son diferentes entre sí y todos se contradicen entre sí. Hay días en que me parece que el hombre no es sino un gran mono a merced de sus instintos y, lamentablemente, en condiciones de manipular armas complicadas y peligrosísimas; al día siguiente, en cambio, tengo la sensación de que ya ha pasado lo peor y de que empieza a emerger la parte mejor del espíritu. ¿Cuál de las hipótesis será la verdadera? Quién sabe, tal vez ninguna de las dos, tal vez realmente el Cielo, durante la primera noche del 2000, para castigar al hombre por su estupidez, por la manera tan poco sabia que ha tenido de despilfarrar su potencialidad, hará que caiga sobre la tierra una terrible lluvia de fuego y guijarros.

En el año 2000 tú tendrás apenas veinticuatro años y verás todo eso; yo, en cambio, ya me habré marchado, llevándome a la tumba esta curiosidad insatisfecha. ¿Estarás preparada?, ¿serás capaz de enfrentarte con los nuevos tiempos? Si en este momento bajase del cielo un hada buena y me dijera que puedo pedir tres deseos, ¿sabes qué le pediría? Le pediría que me convirtiese en un lirón, en un herrerillo, en una araña casera, en algo que viva a tu lado sin ser visto. No sé cuál será tu futuro, no consigo imaginarlo; dado que te quiero sufro mucho al no saberlo. Las pocas veces que hemos mencionado el asunto tú no lo veías nada rosado: con el absolutismo de la adolescencia estabas convencida de que la desdicha que te perseguía entonces te seguiría persiguiendo siempre. Yo estoy convencida exactamente de lo contrario. ¿Y eso por qué?, te preguntarás, ¿qué señales me llevan a alimentar esa idea descabellada? Por causa de *Buck*, tesoro mío: siempre y sólo por causa de *Buck*. Porque cuando lo escogiste en la perrera creías haberte limitado a escoger un perro entre otros perros. En realidad, durante esos tres días libraste en tu interior una batalla mucho más grande, mucho más decisiva: sin la menor duda, entre la voz de la apariencia y la voz del corazón, sin la más mínima vacilación, elegiste la del corazón.

Es muy probable que a tu misma edad yo hubiese elegido algún perro de suave pelaje y elegante estampa, habría escogido al más noble y perfumado, un perro para sacar a pasear y provocar envidia. Mi inseguridad, el ambiente en que había crecido, ya me habían entregado a la tiranía de la exterioridad.

21 de diciembre

Como resultado de toda esa larga inspección en el desván, al final sólo bajé el belén y el molde para tartas que habían sobrevivido al incendio. «Vaya por el nacimiento —dirás tú—, pero el molde, ¿qué tiene que ver?» Pues ese molde pertenecía a mi abuela, es decir a tu tatarabuela, y es el único objeto que ha quedado de toda la historia femenina de mi familia. Con la larga permanencia en el desván se ha oxidado mucho, lo llevé inmediatamente a la cocina y en el fregadero, utilizando la mano buena y las esponjas adecuadas, traté de limpiarlo. Piensa en la cantidad de veces que, durante su existencia, ha entrado y salido del horno, cuántos hornos diferentes y cada vez más modernos ha visto, cuántas manos diferentes y, sin embargo, parecidas lo han rellenado de masa. Si lo traje abajo fue para que siguiese viviendo, para que tú lo utilices y acaso, a tu vez, lo dejes para que lo usen tus hijas, para que en su historia de humilde objeto resuma y rememore la historia de nuestras generaciones.

Cuando lo vi en el fondo del baúl, volvió a mi

recuerdo la última ocasión en que estuvimos juntas. ¿Cuándo fue? Hace un año, tal vez un poco más de un año atrás. A la hora de la siesta habías entrado en mi dormitorio sin llamar a la puerta; yo estaba descansando tendida en la cama con las manos cruzadas sobre el pecho y tú, al verme, habías estallado en llanto sin contenerte lo más mínimo. Tus sollozos me habían despertado. «¿Qué hay? —te pregunté, al tiempo que me sentaba—. ¿Qué ha pasado?» «Pasa que pronto te vas a morir», me contestaste, llorando con más intensidad aún. «Ay, Dios, esperemos que no sea tan pronto —repuse riendo, para después añadir—: ¿Sabes qué? Te voy a enseñar a hacer algo que yo sepa hacer y tú no; así cuando yo ya no esté lo harás y te acordarás de mí.» Me levanté y me echaste los brazos al cuello. «Pues entonces —te dije para dominar la emoción que me asaltaba a mí también—, ¿qué quieres que te enseñe a hacer?» Enjugándote las lágrimas, meditaste un rato y después dijiste: «Una tarta.» Por lo tanto, fuimos a la cocina y emprendimos una larga batalla. En primer lugar, te negabas a ponerte el delantal, porque decías: «¡Si me lo pongo, después tendré que ponerme también rulos y calzar pantuflas, qué horror!» Después, cuando había que montar las claras a punto de nieve, te quejabas de que te dolía la muñeca, te enfadabas porque la mantequilla no se amalgamaba con las yemas, porque el horno nunca estaba suficientemente caliente. Al lamer la espátula con que había diluido el chocolate, se me manchó de marrón la nariz. Al verme te echaste a reír. «A tu edad —decías—, ¿no te da vergüenza? ¡Tienes la nariz marrón, como la de un perro!»

Para confeccionar este sencillo postre tardamos una tarde entera y dejamos la cocina en un estado que daba lástima. Repentinamente había brotado entre nosotras una gran liviandad, una alegría fundada en la complicidad. Sólo cuando la tarta entró dentro del horno por fin, cuando la viste oscurecerse poco a poco a través del cristal, de pronto recordaste por qué la habíamos hecho y volviste a llorar. Yo trataba de consolarte, delante del horno. «No llores —te decía—, es cierto que me marcharé antes que tú, pero cuando ya no esté todavía estaré, viviré en tu memoria con bellos recuerdos: verás los árboles, la huerta, el jardín, y acudirán a tu mente todos los momentos felices que hemos pasado juntas. Lo mismo te ocurrirá al sentarte en mi butaca; al preparar la tarta que hoy te he enseñado a hacer, me verás ante ti con la nariz color marrón.»

22 de diciembre

Hoy, después de desayunar, fui al cuarto de estar y empecé a preparar el nacimiento en el sitio de siempre, cerca de la chimenea. Como primera medida dispuse el papel verde, después las planchas de musgo seco, las palmas, el cobertizo con San José y la Virgen dentro, el buey y el asno, y alrededor la multitud esparcida de los pastores, las mujeres con ocas, los músicos, los cerdos, los pescadores, los gallos y gallinas, las ovejas y carneros. Sobre el paisaje, con una cinta de papel adhesivo tendí el papel azul del cielo; la estrella cometa me la metí en el bolsillo derecho de la bata, en el izquierdo los tres Reyes Magos; después me dirigí al otro extremo de la habitación y colgué la estrella sobre el aparador; debajo, un poco aparte, dispuse la hilera de los Reyes con sus camellos.

¿Te acuerdas? Cuando eras pequeña, con el furor de la coherencia que caracteriza a los niños, no soportabas que la estrella y los tres Reyes estuviesen desde el primer momento cerca del belén. Tenían que estar alejados y acercarse lentamente, la estrella un poco antes y los tres

Reyes inmediatamente detrás. De la misma manera, no soportabas que el Niño Jesús estuviese en el pesebre antes de tiempo, y, por lo tanto, lo hacíamos planear desde el cielo hasta el establo a la medianoche en punto del día veinticuatro. Mientras acomodaba las ovejas sobre su alfombrilla verde, volvió a mi mente otra cosa que te gustaba hacer con el nacimiento, un juego que te habías inventado y que nunca te cansabas de repetir. Me parece que, al principio, te habías inspirado en la Pascua. Efectivamente, al llegar la Pascua teníamos la costumbre de esconderte en el jardín los huevos pintados. En Navidad, en vez de huevos, tú escondías ovejitas: cuando yo no me daba cuenta cogías alguna del rebaño y la ocultabas en los sitios más inverosímiles, después te me acercabas, dondequiera que estuviese, y empezabas a balar con acento de desesperación. Entonces empezaba la búsqueda, yo dejaba lo que estuviera haciendo y contigo pisándome los talones entre risas y balidos daba vueltas por la casa diciendo: «¿Dónde estás, ovejita extraviada? Deja que te encuentre y te ponga a salvo.»

Y ahora, ovejita, ¿dónde estás? Estás allá lejos mientras escribo, entre los coyotes y los cactus; cuando estés leyendo esto, probablemente estarás aquí y mis cosas ya estarán en el desván. Mis palabras, ¿te habrán puesto a salvo? No tengo esta presunción, acaso tan sólo te hayan irritado, habrán confirmado la idea ya pésima que de mí tenías antes de marcharte. Tal vez sólo puedas comprenderme cuando seas mayor, podrás comprenderme solamente si has llevado a cabo ese misterioso recorrido que conduce desde la intransigencia a la piedad.

Piedad, fíjate bien, no pena. Si sientes pena, yo bajaré como esos duendecillos malignos y te haré un montón de desaires. Lo mismo haré si en vez de ser humilde eres modesta, si te emborrachas de cháchara en vez de quedarte callada. Estallarán las bombillas, los platos se caerán de los estantes, las bragas irán a parar a la araña central, no te dejaré tranquila desde el amanecer hasta bien entrada la noche, ni un solo instante.

No es cierto: no haré nada. Si estás en alguna parte, si tengo la posibilidad de verte, sólo me sentiré triste tal como me siento cada vez que veo una vida desperdiciada, una vida en la que no ha logrado realizarse el camino del amor. Cuídate. Cada vez que, al crecer, tengas ganas de convertir las cosas equivocadas en cosas justas, recuerda que la primera revolución que hay que realizar es dentro de uno mismo, la primera y la más importante. Luchar por una idea sin tener una idea de uno mismo es una de las cosas más peligrosas que se pueden hacer.

Cada vez que te sientas extraviada, confusa, piensa en los árboles, recuerda su manera de crecer. Recuerda que un árbol de gran copa y pocas raíces es derribado por la primera ráfaga de viento, en tanto que un árbol con muchas raíces y poca copa a duras penas deja circular su savia. Raíces y copa han de tener la misma medida, has de estar en las cosas y sobre ellas: sólo así podrás ofrecer sombra y reparo, sólo así al llegar la estación apropiada podrás cubrirte de flores y de frutos.

Y luego, cuando ante ti se abran muchos caminos y no sepas cuál recorrer, no te metas en uno cualquiera al azar: siéntate y aguarda. Respira con la confiada profundidad con que respiraste el día en que viniste al mundo, sin permitir que nada te distraiga: aguarda y aguarda más aún. Quédate quieta, en silencio, y escucha a tu corazón. Y cuando te hable, levántate y ve donde él te lleve.

Impreso en el mes de julio de 1996
en Talleres LIBERDUPLEX, S. L.
Constitución, 19
08014 Barcelona